# 우리들의
## 마녀 아틀리에

KB141852

# 우리들의
# 마녀 아틀리에

이 재 문 소 설

# 차례

## 등장인물

### 강은서

얼룩덜룩한 피부에 시커먼 머리, 자존감은 바닥. 스스로 마녀라고 믿는다. 아빠와 둘이 살고 있는데 엄마가 누군지 모른다. 자신은 원치 않는데도 저주를 거는 힘이 있다고 생각해 아무와도 엮이지 않으려고 노력했다. 그런데 한때 소중한 친구였던 서윤이가 저주에 걸렸다! 저주를 풀기 위해 마녀 아틀리에의 제자로 들어간 은서, 마녀 수업을 시작한다.

### 오하람

일진이 되고 싶은 찐따이자 찌질이. 허언증이 있다. 아이들은 그런 하람을 따돌리기 일쑤다. 사고로 뇌를 다쳐 바보가 된 아빠가 부끄럽다. 그런데 아빠의 세탁소 앞에서 학교 일진 패거리에게 아빠가 다치는 것을 보았다. 하람은 '복수의 티셔츠'를 사기 위해 마녀 아틀리에로 찾아간다.

## 김서윤

하얗고 동그란 얼굴. 어깨 위에서 찰랑거리는 짧은 머리카락. 커다란 눈은 경계하는 듯하면서도 호기심으로 가득 차 있다. 어떤 사건으로 과거에 친구 은서와 멀어졌다. 유전병이 있던 쌍둥이 오빠가 죽고 난 뒤부터 서윤이의 집에는 온기가 없다. 어느 날 마녀 아틀리에 문고리를 잡았다가 치료 불가 피부병에 걸렸다.

## 마녀 할머니

마녀 아틀리에의 주인. 일진 애들은 '미친 할망구'라고 부른다. 짧게 자른 하얀 머리, 새까만 드레스. 새하얗게 분칠한 얼굴과 까만 아이라인, 그리고 보라색 입술이 기묘하다. 그런데 이 할머니, 자기가 영국에서 마녀 수업을 받은 유학파 마녀라고 한다. 속을 알 수 없는 미소로 은서를 제자로 거둬 준다며 하는 말이, "제자는 스승의 말에 무조건 복종해야 해."

강은서

마녀의 제자

"진짜라니까? 그 할망구 진짜 마녀래."

하교하는 길이었다. 황도준이 교문을 나서며 자기 무리에게 말하고 있었다. 그 애 뒤에서 네댓 걸음 떨어져 걷던 은서도 관심이 갔다. 안 듣는 척 딴 데를 보면서도 귀는 그쪽을 향했다. 한울중학교 학생이라면 한 번쯤 들어 봤을 이야기였다.

학교 근처에 오래된 가게가 하나 있었다. 향초, 수세미, 옷 등을 파는 알 수 없는 가게. 분명 손님이 있으니 유지되는 걸 테다. 그러나 은서를 포함한 한울중 학생 중 그 누구도 가게 입구가 열리는 것을 보지 못했다. 지금껏 단 한 번도.

가게 이름도 오해를 살 만했다.

'마녀 아틀리에.'

겉보기라도 그럴싸했으면 나았을 텐데, 외관은 유령이라도

강은서: 마녀의 제자

튀어나올 것처럼 허름했다. 빛바랜 오렌지색 간판을 달고 있었고, 거미들이 입구 여기저기에 줄을 쳐 놓았다. 그 가게의 주인이 바로 아이들이 얘기하는 마녀 할머니였다.

은서도 그 가게와 가게의 주인에 대해서는 익히 들어 알고 있었다. 괴상한 소문이 난무했다. 할머니가 죽은 쥐를 먹는 걸 봤다는 이야기부터 아틀리에 뒤켠에 쥐 사체가 쌓여 있다는 유언비어까지. 반쯤은 믿고 반쯤은 흘려듣는 그 이야기들은 한울중 아이들의 심심풀이 얘깃거리이기도 했다. 하지만 은서에게는 다른 의미로 다가왔다. 만약 할머니가 진짜 마녀라면, 자신 또한 마녀일지도 모른다고 생각했으니까.

황당한 소리라는 걸 은서도 알고 있다. 시대가 어느 때인데 마녀라니. 그럼에도 은서가 그렇게 생각하는 건 여러 번의 경험 때문이었다. 믿기지 않겠지만, 은서는 '저주'를 내려 본 적이 있다. 열 살 때 '증상'이 시작됐으니, 벌써 5년이 흘렀다.

앞서가는 다섯 아이들은 마녀 아틀리에를 대상으로 조금은 대범한 범행을 계획 중이었다. 일종의 복수랄까. 준비물로 페인트가 언급되는 걸로 보아 가게 담벼락에 뭔가 대단한 낙서라도 하려는 듯했다. 그런데 복수라니? 무엇에 대한 복수? 좀 더 듣다 보니 사건의 전말을 알게 되었다.

무리의 대장인 황도준이 아파트에서 마녀 할머니에게 당했다. 아는 형들과 몰래 담배를 피우다 할머니에게 걸렸는데, 할머니가 경찰을 끌고 왔다는 것이다. 할머니는 싸늘한 얼굴로 '다시 한번 담배를 피웠다간 폐에 구멍을 내 버릴 거'라고 했단다.

"그땐 어쩔 수 없이 빌었지만, 생각해 보니 열받잖아. 우리 엄마 아빠도 별말 안 하는데, 자기가 뭔데? 미친 할망구."

그래서 페인트로 낙서를? 앞에서 대놓고는 못 하겠고 뒤에서 엿이나 먹이겠다는 건데, 일진의 방식이라기엔 옹졸해 보였다. 도준은 심지어 욕설을 섞어 가며 '쓰레기 같은 마녀'라고 할머니를 험담했다.

아이들이 횡단보도 앞에 섰다. 가는 방향이 같던 은서도 멈추었다. 신호가 제법 길었는데, 도준이 심심하다며 한 아이에게 요즘 유행하는 춤을 춰 보라고 했다. 그 애 이름은 오하람이었다.

"춤? 여기서?"

하람이 어색하게 웃었다. 도준도 따라 웃었다.

"왜? 여기가 어때서?"

웃으며 하는 말이었지만 그 안에 뼈가 있었다. 겉으로만 웃는 것일 뿐, 자기 말에 토 다는 아이에겐 가차 없는 도준이었다. 하람도 이를 잘 아는지 웃음을 거두었다.

"그, 그렇지? 장소가 중요한 건 아니지…."

쭈뼛거리던 하람은 주변 눈치를 살피더니 소심하게 몸을 움직였다. 도준이 눈살을 찌푸렸다.

"에이, 재미없어. 하람아, 제대로 보여 줘."

"응….."

하람의 춤 동작이 조금 과장스러워졌다. 아이들이 낄낄거렸다. 황도준도 한쪽 입꼬리를 올리며 삐딱한 미소를 지었다. 하람은 얼굴이 시뻘게졌지만, 도준이 그만 추라고 할 때까지는 멈추지 못할 것이다. 같이 어울려 다녀서 친한 줄 알았는데, 어쩐지 모양새가 괴롭히는 것 같았다.

지나가던 아이들은 애써 그쪽을 못 본 체했다. 괜히 쳐다봤다가 도준의 눈에 띄면 좋을 게 없었다. 은서 또한 평소라면 고개를 돌리고 있었을 것이다. 누굴 도와주고 말고 할 처지가 아니었으니까. 외톨이라면 외톨이고, 왕따라면 왕따처럼 지내던 은서 아닌가. 불의에 맞서 싸울 능력 따위 은서에겐 없었다.

그런데 오늘은 도준이 너무 꼴불견이었다. 할머니를 욕하는 것으로도 모자라 못된 짓까지 꾸미고, 또 하람을 하인 부리듯 하는 게 영 못마땅했다. 게다가 마녀에 대해서 나쁘게만 말했다. 아무리 사실이라도 듣는 사람은 기분 나쁠 수 있다. 은서는 아랫입술을 깨물며 작게 속삭였다.

"진짜 너무하잖아. 나쁜 새끼."

제 딴에는 소심한 저항이었다. 바로 그때였다.

"너 뭐라 그랬냐?"

깜짝 놀라 돌아보니 도준의 오른팔 성우가 있었다.

"도준아, 얘가 너보고 나쁜 새끼라는데?"

성우 말에 도준이 험상궂은 얼굴로 은서를 노려보았다.

"나쁜 새끼? 내가?"

은서는 목덜미가 뻣뻣해지는 느낌이었다. 이놈의 입이 어쩌자고 그런 말을 뱉었을까. 덜컥 겁이 났지만 퍼뜩 정신을 차렸다. 원치 않는 갈등 상황에 놓일 때가 한두 번이었는가. 오랜 경험을 통해 이럴 때 어떻게 해야 하는지 잘 알고 있었다. 눈치껏 내빼는 게 상책. 은서는 급히 방향을 바꾸어 걸음을 빨리했다.

"야! 거기 안 서?"

도준이 큰 소리로 불렀다. 힐끔 돌아보니 춤추고 있던 하람이 뒤쫓아 오고 있었다. 도준이 잡아 오라고 시킨 모양이었다. 하람이 소리쳤다.

"야, 좀 멈춰 봐!"

멈추란다고 순순히 멈출 수는 없었다. 애들이 해코지할까 봐? 그 이유도 있지만, 꼭 그것 때문만은 아니었다.

은서와 엮여서 끝이 좋은 아이는 없었다. 저 애들도 마찬가지일 것이다. 괜히 은서를 건드렸다간 저주의 늪에 빠질지도 모른다. 항상 그랬다. 누군가 은서를 해코지하려 하면 희한하게도 불운한 일이 생겨 가해 예정자들을 위험에 빠뜨렸다. 이번에도 은서는 서둘러 달아나 불상사를 예방하고자 했다. 그러나 하람도 필사적이었다. 하긴 도준이 잡아 오라 시켰으니 그럴 수밖에.

그때 뒤에서 짧은 비명이 터져 나왔다. 은서는 움찔하며 뒤를 돌아보았다. 쫓아오던 하람이 흙탕물에 빠졌다. 마침 도로 공사 중이었는데, 다른 곳은 멀쩡하고 하람이 밟은 곳에만 물이 고여 있었다. 하람은 젖은 신발과 바짓단을 수습하느라 정신이 없었다. 이럴 줄 알고 도망치려 했던 건데. 은서는 하람에게 미안하면서도 속상했다. 왜 매번 이런 일이 벌어지는지. 은서는 자신도 통제할 수 없는 이 저주의 굴레에서 제발 벗어나고 싶었다. 누군가를 다치게 하고 싶지 않았다.

도준과 무리가 슬금슬금 다가오고 있었다. 오래 지체할 수는 없었다. 그랬다간 저 애들까지 사고를 당할지 모른다. 도준이 하는 짓은 밉지만, 그렇다고 저주의 제물이 되게 할 수는 없었다.

'미안해.'

은서는 속으로 하람에게 사과하고 빠르게 멀어졌다.


다음 날, 은서는 느지막이 일어났다. 거실에 나와 보니 아빠는 출근하고 없었다. 아빠는 아침마다 은서를 깨우는 일을 포기하기에 이르렀다. 처음엔 제시간에 등교하길 바랐지만, 이제는 빠지지 않고 등교하는 것만으로도 감사하는 눈치였다.

시계를 보니 9시 5분 전이었다. 화장실에서 세수를 하고 고개를 들었다. 거울 너머로 초라한 얼굴이 보였다. 피부는 얼룩덜룩하고 머리는 시꺼먼 어린 마녀. 어쩜 마음에 드는 구석이라곤 하나도 없는 외모였다. 은서는 허리까지 내려오는 숱 많은 머리를 더욱 부스스하게 늘어뜨렸다. 얼룩진 피부가 조금이라도 가려졌으면 해서였다.

'지긋지긋한 백반증.'

거울 앞에 분홍색 연고 통이 놓여 있었다. 오랜만에 뚜껑을 열어 보니 유통기한이 지난 연고는 굳어서 딱딱했다. 발라 봤자 효과도 없었다. 연고를 통째로 쓰레기통에 버리고 화장실을 나왔다.

학교로 향하는 길은 한산했다. 지각의 장점 중 하나가 재잘거리는 아이들이 없다는 것이다. 밝은 분위기는 은서의 어둠을 더욱 짙게 만든다. 은서에게는 쓸쓸한 등굣길이 제격이다. 마침 을씨년스러운 바람까지 불어와 분위기를 더했다. 올해 봄은 시샘이 많은지 3월 말이 다 되어 가는데도 꽃샘추위가 심했다. 이때까지만 해도 여느 때와 다름없는 하루의 시작이었다.

큰소리가 이목을 붙든 것은 학교 앞에 다다를 무렵이었다. 배움터지킴이 할아버지가 얼굴을 붉힌 채 누군가와 말싸움을 하고 있었다.

"신분증을 달라니까요!"

다시 보니 말싸움이라기보다는 할아버지가 일방적으로 언성을 높이고 있었다. 상대는 차분해 보였다. 은서는 할아버지의 싸움 상대를 보고서 흠칫 놀랐다.

"신분증을 잃어버렸어요. 그렇지만 범인은 이 학교 학생이

강은서: 마녀의 제자

맞아요."

　나긋하지만 어딘가 강단 있는 목소리의 주인공은 바로 그 '미친 할망구'였다. 할머니는 백발을 짧게 잘랐고, 그와 대비되는 새까만 드레스를 입고 있었다. 새하얗게 분칠한 얼굴과 까만 아이라인, 그리고 보라색 입술은 어딘가 조합이 부자연스러웠다.

　지킴이 할아버지는 답답한 듯 인상을 구겼다. 방문증을 교부받지 않고는 학교 내로 들여보내 줄 수 없으니 신분증을 내고 정식 절차를 밟으라고 했다. 그 말을 들은 할머니는 자기가 피해자인데 절차 따위를 왜 지켜야 하느냐고 했다.

　"학교가 나서서 범인을 색출해도 모자랄 판에 피해자를 이리 박대해도 되는 거예요?"

　은서는 오고 가는 대화를 통해 대강의 상황을 파악했다. 할머니 가게, 그러니까 아틀리에 벽면에 누군가 페인트로 낙서를 해 놨다. 그것도 아주 큼지막하게 '미친 할망구'라고. 그 말을 듣는 순간, 은서는 일이 어떻게 돌아가는지 알 것 같았다.

　도준과 그의 일당 소행이 분명했다. 할머니가 제대로 알고 찾아온 거였다.

　교문에 선생님들도 있었다. 그중 사회 선생님이 말했다.

　"할머니, 혹시 우리 학교 학생들이 했다는 증거가 있나요?"

　증거가 있을 리 없다. 아틀리에가 있는 골목은 방치된 지 오래였다. 그 흔한 시시티브이도 없었고, 사람들도 잘 다니지 않는

다. 몇 년 전까지는 오일장이 섰는데, 그마저도 전염병이 세상을 강타한 이후 사라졌다.

그 골목을 지키는 유일한 상점이 아틀리에였다. 인적이 드물어 비행 청소년이 드나들기 좋았고, 그중에도 하필 도준을 건드렸으니 보복을 당할 만도 했다. 그나마 낙서 정도로 끝난 걸 다행으로 여겨야 할까? 그러나 할머니는 물러서지 않았다.

"목격자가 있어요. 여기 학교 애들이 낙서하고 도망가는 뒷모습을 봤대요."

"그게 누군데요? 증언을 부탁할 수 있을까요?"

"지금쯤 쥐를 잡고 있을 텐데…. 자유로운 영혼이라 부탁하기가 영 까다로워요."

"네? 쥐요?"

선생님은 황당하다는 듯 눈살을 찌푸렸다. 다른 선생님 또한 난감해하긴 마찬가지였다.

바로 그 시점에 은서가 한 선생님 눈에 띄었다.

"은서야! 이제 와?"

은서를 발견한 민희 선생님이 반갑게 소리쳤다. 사람들 시선이 일순 은서에게 쏠렸다. 은서는 얼굴이 화끈거려 얼른 고개를 숙였다.

민희 선생님은 옆 반 담임이면서 은서에게 이러쿵저러쿵 말 걸 때가 많았다. 공부가 어렵진 않니, 집에 가면 뭘 하니, 친한 친구는 누가 있니 등등. 누가 보면 담임이라고 착각할 정도로.

한번은 선생님이 은서에게 지각이 잦은 것 같다며, 혹시 집이 멀면 선생님이 차로 데리러 가겠다는 말을 한 적도 있다. 은서는 소스라치며 손사래를 쳤다. 혹시나 같이 다니다가 자신에게서 저주가 옮겨 가진 않을까 하고.

이번에도 선생님이 활짝 웃으며 다가왔다. 은서는 얼른 몸을 돌려 반대쪽으로 발길을 옮기려 했다.

그때였다.

"학생, 잠깐만!"

뜻밖의 목소리가 은서를 불러 세웠다. 할머니였다. 할머니가 예리한 눈빛을 빛내며 은서 쪽으로 다가왔다.

"학생, 다 알죠?"

"네? 뭘를요?"

할머니가 눈을 가늘게 뜨더니 은서의 위아래를 꼼꼼히 훑었다. 어쩐지 모든 걸 꿰뚫어 보는 듯한 시선이었다.

"학생 주변에서 어떤 기운이 느껴져요. 분명 학생은 알고 있어요. 범인이 누구인지."

할머니의 누리끼리한 눈동자를 마주하고 있으니 은서는 최면이라도 걸린 듯 알고 있는 사실을 털어놓고 싶어졌다. 그러다 번뜩 정신을 차렸다.

"모르는데요."

어제 찍힌 것도 있는데 괜히 나섰다간 문제가 커질 듯했다. 도준을 적으로 만들고 싶진 않았다.

"알면서 모르는 척하는 건 아니고?"

할머니가 팔짱을 끼고 물었다. 정곡을 찔린 은서는 마른침을 삼키며 말을 돌렸다.

"수업 들어가야 해서요."

서둘러 발걸음을 옮기자 민희 선생님이 '네가 웬일로 수업을 다 챙기냐'며 반색했다. '미니 샘'이라는 별명답게 키가 작은 민희 선생님은 같이 들어가자며 은서에게 어깨동무를 했다.

그때, 할머니의 작은 음성이 들려왔다.

"이거 큰일이네. 빨리 저주를 해제하지 않으면 목숨을 잃을지도 모르는데…."

그 말이 은서의 발목을 붙잡았다.

'저주…라고?'

심장이 쿵 내려앉았다.

지킴이 할아버지는 늙은이가 노망난 소리를 한다고 했다. 미니 샘도 어서 들어가자며 은서를 재촉했다. 하지만 은서는 그 자리에 얼어붙고 말았다. 목숨을 잃을지도 모른다고 하지 않는가. 저주의 위력을 누구보다 잘 아는 은서였기에, 할머니의 말을 흘려들을 수 없었다.

그래서 그런 말을 했던 거다. 사람은 살리고 봐야 하니까.

"할머니…. 저, 알아요. 누가 그랬는지."

*

그날 점심시간, 은서는 식사를 건너뛰고 교실에 남았다. 아이들이 급식실로 다 빠져나가고 나서야 슬며시 일어났다. 손에는 할머니가 주고 간 노란색 상자를 들고서.

선생님들의 만류에도 은서는 할머니가 건넨 조그마한 상자를 받았다. 할머니는 잘 부탁한다는 듯 의미심장한 미소를 짓더니 유유히 사라졌다. 교실로 돌아오는 길에는 사회 선생님이 낙서를 누가 했는지 아느냐고 물었다. 은서가 고개를 저으며 모르겠다고 하자, 선생님은 아까는 안다고 하지 않았냐며 눈살을 찌푸렸다. 은서로서는 어쩔 수 없었다. 사실대로 말할 수도 없었고, 도준 무리가 험한 꼴 당하는 걸 두고 볼 수도 없었다. 그래서 최선을 다해 저주를 막아 보고자 할머니의 제안을 수락한 거였는데 다음 할 일을 떠올리자 막막해졌다.

은서는 황도준 무리 중 한 아이에게 상자 안에 든 물건을 전해 줘야 했다. 그것도 '네가 저주에 걸렸다'라는 말과 함께.

교실을 나선 은서는 우선 인적 드문 곳부터 찾았다. 어디가 좋을까? 아무래도 분리수거장이 사람 없기로는 최선일 것이다.

학교 뒤꼍에 자리한 분리수거장은 컨테이너 두 동을 붙여서 만들어 놓았다. 언제나 쓰레기 냄새로 퀴퀴한 이곳은 은서의 아지트이기도 했다. 억울하거나 우울할 때, 울고 싶을 때, 혼자 있고 싶을 때면 은서는 분리수거장으로 숨어든다.

컨테이너 문을 열자 온갖 벌레와 쥐들이 쏜살같이 사라졌다. 처음엔 쥐를 보고 소스라치게 놀랐는데, 이젠 녀석들이 아무렇지 않다. 오히려 반갑다고 하면 이상할까?

분리수거장 안은 조명이 없어도 작은 창으로 스며드는 햇빛이 있어 아늑했다. 한쪽 구석에 마련해 둔 교실 의자는 다리 높이가 맞지 않아 앉을 때마다 삐걱거렸다.

은서는 상자를 열었다. 숨어 있던 쥐 한 마리가 무슨 일인지 궁금한 듯 고개를 빼꼼 내밀었다가 사라졌다. 상자에는 손수건이 들어 있었다. 흰 바탕에 알 수 없는 주황색 무늬가 수놓인 손수건. 구불구불한 문양이 그려져 있어서 꼭 부적 같았다. 이걸로 뭘 어쩌라는 걸까? 은서는 할머니의 마지막 말을 떠올렸다.

"손수건으로 손을 닦아야 해요. 그래야 저주가 풀리거든."

한 녀석이 아틀리에 입구 문고리를 겁도 없이 만졌다가 저주에 걸렸다고 한다. 할머니도 해제할 수 없었던 그 저주는 오래전 이 지역에 살던 마녀가 걸어 놓은 거라고 했다.

"처음엔 작은 저주였겠지만, 시간이 지나면서 인근의 불행을 흡수한 것 같아요."

결국은 마녀들조차 함부로 손댈 수 없는 저주의 고인 물이 되었다는데…. 다행히도 낮에는 태양의 기운 때문에 작동하지 못하는 저주였다. 그러나 해가 지면 다시금 음기를 머금고 그 위력을 드러냈으니, 할머니조차도 조심 또 조심했다.

"그런데 어쩌자고 그걸 건드렸는지."

경고 문구까지 붙여 놓았는데도 덥석 건드려 버린 것이다. 할머니가 말한 그 '쥐 잡는 자유로운 영혼의 소유자'가 아니었다면 할머니도 몰랐을 거라고 했다.

'눈에는 눈, 이에는 이'라고 할머니는 저주 걸린 손을 손수건으로 닦아 내야 한다고 했다. 문제는 그게 누군지 어떻게 알아내느냐는 것. 탐문이 필요할 듯한데, 과연 해낼 수 있을까? 도준을 떠올린 은서는 몸을 부르르 떨었다.

그나마 말을 걸어 볼 만한 애가 하람이었다. 하람과는 같은 초등학교를 나왔고, 같은 반에 짝이었던 적도 있었다. 물론 이렇다 할 교류가 있었던 건 아니다. 대화도 거의 나누지 않았다. 그런 하람을 통해 누가 저주에 걸렸을지 알아내는 건 쉽지 않을 것이다. 대뜸 찾아가 '너희 중 한 명이 저주에 걸렸으니 죽기 싫으면 손수건으로 손을 닦아라'라고 말하면 하람이 뭐라고 할까?

한참을 고민한 끝에 내린 결론은 일단 하람의 근처를 어슬렁거려 보자는 것이었다. 할머니 말에 따르면 저주에 걸린 사람에겐 어떤 식으로든 저주의 증상이 나타나게 돼 있으니까. 당사자 또한 문고리를 만진 순간 저주가 스며드는 느낌을 느꼈을 거라고 했다. 그러니 주의 깊게 살펴보면 어떤 특이점을 찾을 수 있을지도 몰랐다.

이때만 해도 은서는 어렵긴 해도 해낼 수 있으리라 생각했다. 뜻밖의 난관이 기다릴 줄도 모르고.

하람은 미니 샘이 담임인 2학년 3반이었다. 은서는 준비물을 빌리는 척하며 3반 앞을 힐끔거렸다. 아쉽게도 오하람은 보이지 않았다. 운동장에 있는 걸까? 점심시간이 끝나려면 아직 20분이 남았다. 밖으로 나가 볼까 고민하고 있을 때, 누군가 뒤에서 어깨를 톡톡 두드렸다. 고개를 돌린 은서는 머리가 하얘졌다.

"여기서 뭐 해?"

'김서윤…!'

처음 만났던 그때와 똑같은 표정을 한 채, 서윤이 은서 앞에 서 있었다.

바보같이 서윤이 3반이라는 걸 떠올리지 못하다니. 저주와 손수건 생각에만 너무 빠져 있었던 모양이다. 은서는 서윤 앞에만 서면 먹통이 된 휴대폰처럼 굳어 버렸다. 옛날에도 그랬다. 서윤과의 그 일이 있었던 그때에도.

"누구 만나러 온 거야?"

서윤이 물었지만 은서는 아무 말도 하지 못하고 황급히 발길을 돌렸다. 서윤이 불러도 뒤돌아보지 않았다. 서윤과 마주치는 건 어떻게든 피하고 싶었다.

한때는 절친이었지만 이제는 서먹한 사이. 오랜 시간 교류도 없었고, 생각만으로도 불편한 사이. 그게 은서와 서윤의 관계였다.

게다가 서윤은 은서의 첫 희생양이기도 했다.

*

서윤을 처음 본 건 초등학교 3학년, 새 학기 첫날이었다. 인근에 아파트가 새로 들어서면서 아이들이 꽤 많이 전학 왔다. 서윤도 그 애들 중 하나였다.

그날, 은서는 늘 그렇듯 7시 50분쯤 등교했다. 일찍 등교하고 싶진 않았지만 아빠가 7시 반쯤 출근해서 어쩔 수 없이 같이 나와야 했다. 아빠는 은서가 뭉그적거리다 지각한다는 걸 잘 알고 있어서 혼자 두지 않았다.

교실에 들어서니 복사 용지에 한 글자 한 글자 출력된 글이 칠판에 붙어 있었다.

'어서 오세요, 친구들! 환영합니다♡'

아무리 생각해도 자신을 환영하는 것 같진 않았다. 은서는 책상 자리로 고개를 돌렸다. 운동장 쪽 창가의 제일 뒷자리가 눈에 들어왔다.

은서는 아무도 없는 교실에 앉아 불도 켜지 않고 책상에 엎드렸다. 얼굴은 양팔로 최대한 가렸다. 누가 지나가다 자기 얼굴을 보지 못하도록. 아직 수업이 시작되려면 한참 남았으니 그때까지 엎드려 있을 생각이었다.

그때, 교실 앞문이 드르륵 열렸다. 은서는 어깨를 움찔하며 고개를 빼꼼 들었다. 이 시간에 누구지? 이렇게 이른 아침에 누군가 등교한 적은 현장 체험 학습 가는 날이나 운동회가 있는 날 빼고는 한 번도 없었다.

곧 하얗고 동그란 얼굴이 나타났다. 처음 보는 아이가 목을 쭉 빼더니 염탐이라도 하듯 고개를 좌우로 돌렸다. 짧은 머리카락이 어깨 위에서 찰랑거렸다. 커다란 눈은 경계하는 듯하면서도 호기심으로 가득 차 있었다.

이윽고 아이가 은서를 발견했다. 눈이 마주쳐서 은서는 황급히 엎드렸다. 곧 발소리가 나더니 머리 위에서 목소리가 들렸다.

"안녕? 여기 혹시 3학년 다반 맞아?"

밝고 쨍했지만, 그렇다고 거슬리는 목소리는 아니었다. 슬그머니 고개를 든 은서는 목을 움츠린 채 끄덕였다.

"제대로 찾아왔네."

아이가 기쁜 듯 안도의 한숨을 내쉬었다. 그러더니 대뜸 손을 내밀었다.

"반가워. 난 김서윤이야. 오늘 전학 왔어. 친하게 지내자."

서윤이 눈을 찡긋했다.

"어?"

은서는 서윤의 손을 멍하니 바라보았다. 처음이었다. 자신의 얼룩진 피부를 보고도 서슴지 않고 손을 내민 아이는 보통의 아

강은서: 마녀의 제자

이들은 악수는커녕, 티 내지 않으려 하면서도 은서의 피부를 힐끔힐끔 훔쳐봤다.

책상 밑으로 손을 꼼지락거리고 있으니, 아직 추운 날씨인데도 땀으로 축축해졌다. 우물쭈물하던 은서는 바지에 닦은 손을 조심스럽게 내밀었다.

"친하게 지내….."

옷소매가 올라가며 손과 손목의 얼룩진 피부가 드러났다. 스스로가 보아도 얼굴이 화끈거렸다. 그러나 서윤은 아무렇지 않게 은서의 손을 잡고 흔들었다.

인사를 마친 서윤이 교실을 둘러보았다.

"아무 데나 앉아도 되는 건가? 자리표가 없네? 그렇다면….."

서윤이 은서의 옆자리에 탁, 가방을 내려놓았다. 은서 눈이 커졌다.

"여기… 앉으려고?"

"왜? 다른 애 자리 맡아 놓은 거야?"

"그건 아니지만….."

"그럼 같이 앉자."

서윤은 가방에서 새 교과서를 꺼내 서랍에 넣었다. 새로 산 색연필과 가위, 필통 등을 자랑하듯 책상 위에 늘어놓았다. 은서는 멀뚱히 그 모습을 지켜보았다. 서윤이 물었다.

"넌 가방 정리 안 해?"

"해, 해야지. 할 거야."

은서도 가방을 열고 옆자리를 힐끔거리며 서윤이 정리하는 방식을 그대로 따라서 자리를 정리했다. 교과서는 서랍 왼쪽에 넣고 필기구를 오른쪽에 넣었다. 서윤이 가방 지퍼를 닫아서 은서도 지퍼를 닫았다. 서윤처럼 물티슈로 책상을 닦고, 손 빗자루를 책상 고리에 걸었다.

정리를 마친 서윤이 은서를 향해 만족스러운 미소를 지었다.

"뭔가 기대된다. 그치?"

잠시 고민하던 은서는 고개를 끄덕이며 수줍게 대답했다.

"응."

서윤은 몰랐을 것이다. 누구보다 기대되는 건 다름 아닌 은서였다는 사실을. 은서는 처음으로 기대를 걸어 보았다. 드디어 친구가 생긴 걸까? 얼마 못 가 그 기대는 산산조각 났지만 말이다.

*

결국 하람을 만나지 못했다. 그렇다고 도준을 찾아갈 용기도 없었다. 그나마 할 수 있는 일을 찾다 보니 발걸음은 자연스럽게 마녀 아틀리에로 이어졌다.

손수건을 전달하지 못해서인지 아틀리에 앞에 서자 가슴이 답답해졌다. 은서는 오렌지색 간판을 올려다보며 작게 한숨지었다.

강은서: 마녀의 제자

가게 통창에 황도준 무리의 소행이 여전히 남아 있었다. 빨간 페인트로 쓴 '미친 할망구' 문구는 핏자국처럼 번져 있었다. 가게 분위기와 은근히 잘 어울렸다. 공포 체험이나 기괴한 걸 좋아하는 사람이라면 단골손님이 될지도 모르…긴 개뿔. 은서는 아랫입술을 말아 물며 출입문 가까이 다가섰다. 문제의 문고리가 눈에 들어왔다.

길고 둥근 평범한 은색 문고리였다. 지금은 만져도 되는 걸까? 낮에는 태양의 기운 때문에 저주가 힘을 못 쓴다고 했다. 그리고 한 번 발동했으니 저주가 위력을 잃었을지도 모른다. 그럼에도 은서는 마른침을 삼키며 조심스럽게 문고리를 잡았다.

문을 당기자 요란한 풍경 소리가 울렸다. 불 꺼진 가게 안은 어두웠다.

"계세요?"

은서는 가게 안을 둘러보았다. 가운데에는 세로로 긴 매대 두 대가 나란히 있었다. 오른쪽 매대에는 귀걸이나 목걸이 따위의 액세서리가 가득했고, 왼쪽에는 비누, 수세미 등 생활용품이 있었다. 왼쪽 벽의 반을 차지한 행거와 옷걸이에는 계절에 맞는 옷가지들이 걸렸고, 남은 반쪽 벽에는 바이올린, 기타 따위의 현악기와 구제 가방들이 일정한 기준 없이 놓여 있었다.

가장 이목을 끄는 곳은 출입구의 오른쪽 공간이었다. 긴 작업대를 중심으로 뒤쪽 벽은 마녀의 작업실이 연상될 만큼 요란한 장식품들이 진열되어 있었다. 호박 랜턴, 해골, 박쥐, 거미줄 등 핼러윈 때나 쓸 법한 소품들이었다. 어디서 구했는지 모를 기다란 마녀 빗자루도 한쪽 구석에서 존재감을 뽐냈다.

그뿐 아니었다. 책장에는 알 수 없는 글자가 쓰인 책들이, 유리 진열장에는 거미 알이 가득한 비커, 걸쭉한 초록색 액체가 담긴 페트병, 죽은 말벌이 빠져 있는 노란 액체 등이 있었다. 너무나 그럴듯해서 마치 놀이공원에 온 것 같았다.

한마디로 가짜 같았다는 소리다.

할머니는 정말 마녀일까? 이제 와서 의심한다는 게 우습긴 하지만, 가게를 둘러보고 나니 은서는 머리가 차갑게 식는 기분이었다. 이렇게 꾸며 놓았다고 해서 진짜 마녀라는 보장은 없었다. 영업을 위한 콘셉트일 수도 있다. 할머니가 풍기는 분위기도 연기일지 모른다.

'내가 여기서 뭐 하는 건지.'

은서는 헛웃음이 났다. 상자를 들고 있던 손에 힘이 풀렸다. 상자만 두고 갈까 하는데, 안에서 인기척이 들렸다. 가게 안쪽의 쪽문이 열리더니 할머니가 나타났다.

"이게 누구야?"

할머니가 반가워하며 다가왔다. 은서는 한 발짝 뒤로 물러서며 고개를 숙였다.

"안녕하세요."

할머니는 아침에 봤던 모습과는 사뭇 달랐다. 무뚝뚝한 표정 대신 환한 미소를 짓고 있었고, 회색 후드 티에 흰색 수면 바지 차림이었다. 화장을 지운 얼굴엔 기미가 가득했다.

"서 있지 말고 이리 와서 앉아요."

할머니가 작업대 앞쪽으로 빨간색 플라스틱 의자를 끌어왔다. 은서는 쭈뼛쭈뼛 다가가 의자에 앉았다.

할머니는 마실 거라도 주겠다며 잠시 기다리라고 했다. 가게 안쪽에 작은 주방이 딸린 듯했다. 차나 마시자고 온 게 아니라 은서는 할머니의 친절이 부담스러웠다. 그렇다고 단칼에 거절하는 것도 소심한 은서에겐 쉬운 일이 아니었다.

물 끓는 소리가 들리더니 이윽고 할머니가 쟁반에 이것저것을 담아 왔다. 잔에 담긴 연갈색 음료는 홍차였고, 근처 빵집에서 사 왔다는 롤케이크도 함께였다.

"이 집이 옛날부터 롤케이크 맛집이야. 먹어 봐요."

할머니가 포크로 케이크를 찍어 주었다. 할 수 없이 한 입 받아먹었는데, 정말로 맛있었다. 은서 표정이 밝아지자 할머니가 그럴 줄 알았다며 좋아했다.

할머니가 이번에는 홍차를 한 모금 마셔 보라 했다. 롤케이크와 궁합이 잘 맞았다. 은서의 반응이 나쁘지 않자 할머니는 만족한 듯 미소 지었다.

"영국에서는 애프터눈 티가 유명하죠. 내가 영국에 있을 때,

이 시간이면 스승님과 차 한잔하곤 했어요."

"영국에 사셨어요?"

"마녀 수업을 받느라 잠깐. 이래봬도 내가 유학파 마녀예요."

할머니는 자부심이 가득한 얼굴로 유리 진열장을 가리켰다.

"저것들 전부 영국에서 가져온 거예요. 영국이 마녀의 본고장인 건 알죠? 왜 호그와트도 영국에 있잖아."

호그와트 얘기를 들으니 정말로 가짜 같았다. 농담을 하는 건지 진심인 건지. 은서 표정이 딱딱하게 굳는 것도 모른 채, 할머니는 영국의 마녀들에 대해 이야기했다. 마녀들은 악마와 계약을 맺고 사람들을 저주하는 존재라고 긴 시간 오해받았지만, 실은 그렇지 않다고 했다. 오히려 마녀들은 사람들을 돕기 위해 의술을 연구하거나 약을 제조했다고 한다. 그러나 사람들의 분노를 잠재울 희생양이 필요했던 당시의 지도자들에 의해 억울하게 누명을 쓰고 죽임을 당하고 말았다는데….

"사람들은 원인을 알 수 없는 재앙을 두려워해요. 그래서 어떻게든 빨리 원인을 찾으려 하죠. 남 탓만큼 강력하고 간편한 무기는 세상 어디에도 없잖아요? 그러나 진정한 마녀들은 오히려 자신을 탓했답니다. 내가 조금만 노력했어도 사람들을 구할 수 있었을 텐데, 하고."

말을 마친 할머니는 흑설탕 한 스푼을 퍼 입에 털어 넣었다. 슬픈 이야기를 했으니 기분이 울적해지기 전에 얼른 처방해야 한다면서 말이다.

"기분 좋게 하는 데 설탕만 한 묘약이 또 없죠."

설탕을 녹이는지 입맛을 다시는 할머니 입가에 부드러운 미소가 떠올랐다.

사기꾼 같다는 생각을 지울 수는 없었지만, 할머니의 한마디만큼은 은서 가슴에 쿵 하고 박혔다. 남 탓은 강력하지만, 마녀들은 스스로를 탓했다는 말. 은서가 평소 하던 생각과 통하는 면이 있었다.

'나만 아니었다면 아빠가 불행하지 않았을 텐데.'

'나만 아니었다면 서윤이가 상처받지 않았을 텐데.'

엄마는 은서를 낳자마자 아빠에게 버려두고 떠났다. 아빠는 혼자 남아 은서를 키웠다. 또 은서는 유일한 친구였던 서윤에게 한 사건 때문에 뜻하지 않게 큰 상처를 주고 말았다. 은서는 이 모든 게 불운한 자기 때문인 것 같아 늘 마음이 무거웠다.

"부탁한 일은 잘 끝났나요?"

할머니가 자기 할 말을 다 끝냈는지 본론으로 들어갔다. 딴생각에 빠져 있던 은서는 퍼뜩 정신을 차리고 도리질을 쳤다.

"용의자가 너무 많아요. 적어도 다섯 명은 돼요."

황도준은 건드려서 좋을 게 없는 아이라는 말도 덧붙였다. 손수건을 전달하지 못한 것에 대한 일종의 변명이었다. 서윤을 만나는 바람에 도망치듯 허둥지둥 돌아왔다는 말은 굳이 하지 않왔다. 서윤에 관한 얘기는 하고 싶지 않으니까.

"할머니가 직접 만나 보시는 건 어떠세요? 그 애들이 누군지 알려 드릴게요."

할머니는 그럴 것 없다며 싱겁게 웃었다.

"내버려둬도 괜찮아요."

아침에 봤을 때와는 사뭇 다른 태도라 은서는 눈살이 찌푸려졌다.

"저주에 걸린 건데 그게 어째서 괜찮아요?"

"그렇긴 한데… 자업자득인 거죠. 누가 남의 가게 유리창에 낙서하래요?"

할머니가 아무렇지 않게 말하자 반발심이 들었다. 아무리 잘못했다 해도 죽음의 저주에 걸렸는데 나 몰라라 할 수는 없었다.

"제가 다시 아이들을 만나 볼게요."

"그런다고 달라질까요?"

"달라져야죠."

은서는 손에 쥔 상자에서 손수건을 꺼냈다.

"혹시 손수건이 몇 장 더 있을까요? 누가 저주에 걸렸는지 모르니 다 나눠 주고 싶어서요."

할머니가 곤란하다는 표정으로 고개를 저었다.

"저주를 푸는 손수건은 그게 다예요. 대신 다른 도움을 줄 수는 있을 것 같아요."

잠시 기다려 보라며 밖으로 나간 할머니가 검은 고양이 한 마리를 어깨에 얹고 왔다. 할머니가 고양이를 은서 품에 안겨 주었다.

"데려가요. 나비가 범인을 알려 줄 거예요."

"고양이가요?"

"목격자예요."

할머니가 말한 '쥐 잡는 걸 좋아하는 자유로운 영혼의 소유자'가 고양이라고? 이게 무슨 해괴망측한 소리인지. 그러나 할머니는 생각이 다른 듯했다.

"정말로 나비가 그 녀석들을 봤다니까요."

할머니는 나비가 범인을 알고 있으니 녀석에게 용의자를 보여 주면 어떤 식으로든 신호를 줄 거라고 했다. 처음에는 말도 안 되는 소리라고 생각했는데, 어쩌면 가능한 일일지도 모른다는 생각이 들었다. 길고양이는 시시티브이보다도 흔하니까 아틀리에 근처를 어슬렁거리다 범행 현장을 목격했을지도 모른다.

아무리 그래도 고양이를 데리고 학교에 가야 한다니. 조금 꺼려지는 것도 사실이었다. 그래도 이왕 범인을 잡기로 마음먹은 거, 시도해 보기로 했다. 은서는 나비의 노란 눈을 들여다보며 말했다.

"잘 부탁해. 범인만 찾아 준다면 맛있는 간식 사 줄게."

저주를 내릴 줄만 알았던 은서가 처음으로 저주를 풀기 위해

애쓰고 있었다. 그 과정에서 나비의 도움을 받을 수만 있다면 뭔들 못 사 주겠나 싶었다.

볼일을 마친 은서가 걸음을 돌릴 때였다.

"이름이 은서라고 했죠? 강은서."

할머니가 은서를 불러 세웠다.

"머리를 좀 자르는 게 어떨까요? 예쁜 얼굴 다 가리지 말고."

"네?"

갑작스러운 말에 은서는 당황스러웠다. 뜬금없이 예쁘다니. 그래도 듣기 싫은 말은 아니었다. 은서는 빨개진 얼굴로 꾸벅 고개를 숙이고 자리를 벗어났다. 품속에 있던 나비가 놀리기라도 하듯 작게 갸르릉거렸다.

*

다음 날, 은서는 이른 알람 소리에 잠에서 깼다. 고양이를 교실까지 데려가는 건 무척 신경 쓰이는 일이라 서둘러 준비하기 위함이었다. 아빠는 새벽같이 일어난 은서를 보고 깜짝 놀랐다.

"웬일이래?"

아빠는 한 손에는 휴지 뭉텅이를 든 채 나비에게 고양이용 참치 통조림을 주고 있었다.

"녀석, 꼭 누가 키우는 고양이처럼 구네."

아빠는 길고양이인 나비가 얌전히 밥 먹는 모습이 집고양이 같다며 신기해했다.

"귀여운 녀석, 에취!"

아빠가 재채기를 하자 나비가 깜짝 놀라며 이빨을 드러냈다. 아빠는 고양이 알레르기가 있다. 콧물이 멈추질 않아 휴지를 달고 사는데도 아빠는 나비 곁을 떠나지 못했다. 처음에는 어디서 길고양이를 데려왔냐며 눈살을 찌푸리더니, 나비가 먹고 마시는 모든 일에 관심을 기울였다. 심지어 고양이 화장실을 만들어 줘야 한다며 어디선가 상자를 구해 와 모래를 담아 주기도 했다.

아직 잠이 덜 깬 은서는 흐느적흐느적 아빠 곁으로 다가가 물었다.

"아빠, 언제부터 고양이한테 관심이 많았어?"

"아빠? 그야 뭐….'

아빠는 말없이 쓴웃음만 지었다. 아마 엄마와 관련된 이야기라서 그런 게 아닐까 싶었다. 엄마 이야기는 아빠가 유일하게 대답하지 않는 주제였다. 어릴 때는 몇 번인가 엄마에 관해 묻기도 했는데, 아빠는 화를 내거나, 몰래 눈물 흘리거나, 무시했다.

은서는 밥 먹는 나비 머리를 쓰다듬었다.

"많이 먹어."

아빠와 달리 은서는 고양이 알레르기가 없다. 그뿐만 아니라 외모나 성격도 닮은 구석이 없다. 어릴 때 아빠 손을 잡고 길을 걸을 때면 '아이가 엄마를 닮았나 봐요' 하는 질문을 많이 들었다. 그때마다 아빠는 불쾌한 듯 얼굴을 붉히며 은서 손을 잡고 걸음을 빨리했다. 은서 또한 한 번도 본 적 없는 엄마를 닮았다는 게 그리 듣기 좋지 않았다.

'왜 나를 버리고 떠난 걸까?'

어릴 때는 이런 질문을 스스로에게 많이 했다. 혼자 이런저런 궁리를 하다 보면 엄마가 떠나야 했을 수십 가지 이유를 찾을 수 있었다. 은서는 백반증이다. 공부도 못한다. 친구도 없다. 아빠는 월급이 적다. 배가 나왔다. 고양이 알레르기가 있다.

엄마에 대해 유일하게 알고 있는 건 엄마가 고양이를 좋아했다는 것이었다. 그래서 고양이를 멀리하고 싶은데, 말랑말랑한 고양이 발바닥을 접한 후부터는 도무지 밀어낼 수 없었다.


"야옹 울어서도 안 되고, 배고프다고 쥐 잡으러 다녀서도 안 돼. 먹이는 넉넉히 줄 테니까 꼼짝 말고 있어. 알았지?"

나비를 품에 안고 집을 나서며 은서가 말했다.

은서가 가방을 열자 신기하게도 녀석은 말을 알아듣는 듯 안으로 들어갔다. 좁은 가방 안에 가두는 게 너무 미안하고 마음이 무거웠지만, 이 방법 말고는 다른 방법이 없었다. 학교에 고양이를 데려가면 보나마나 입구에서 막힐 것이다. 다행히 나비는 가방 안에서 인형처럼 잠자코 있었다.

쉬는 시간이면 분리수거장으로 향했다.

"미안해, 나비야. 나 때문에 고생이 많아."

은서는 준비해 온 간식과 물, 먹이 등을 주면서 나비를 달랬다. 간식을 먹어 치운 나비는 분리수거장에 사는 쥐를 잡으러 한바탕 쫓아다닌 뒤, 다시 가방에 들어갔다.

한편 은서는 쉬는 시간 내내 가방을 멘 채 저주의 흔적을 찾아다녔다. 은서가 가방 지퍼를 살짝 열고 용의자 근처를 어슬렁거리면 나비가 구멍을 통해 아이들을 훔쳐보았다. 은서가 저 애가 범인이냐고 물으면, 나비는 고개를 슬쩍 돌렸다. 고양이가 어쩜 사람처럼 구는지 신기했다.

하지만 마지막 용의자인 하람을 보여 줄 때까지도 아무런 반응이 없자, 은서는 애초에 나비가 고개 돌리는 것밖에 할 줄 모르는 게 아닌가 의구심이 들었다. 하람은 복도 끝 화장실 앞에서 애들과 시시덕거리고 있었다. 헐렁한 교복 바지를 질질 끌면서 마치 랩이라도 하듯 건들건들. 하람이 시시껄렁한 농담을 하면 주변 아이들이 낄낄대며 하람의 어깨나 팔을 툭툭 쳐 댔다.

은서 눈썹 사이로 깊은 주름이 생겼다.

"나비야, 앞에 보여 준 애들 중 아무도 없어? 다시 한번 봐. 네가 착각한 걸지도 모르잖아."

나비는 반응이 없었다. 은서는 실망스러운 마음을 감출 길이 없었다. 자꾸 헛발질만 하는 것 같고, 할머니에게 속은 것 같기도 했다. 아무래도 이 방법 또한 틀려먹은 듯했다. 무거운 발걸음을 교실로 옮길 때였다.

"어? 너 며칠 전 걔지?"

코앞에 도준이 나타났다. 은서는 너무 놀라서 하마터면 비명을 지를 뻔했다. 도준이 삿대질하며 사악하게 웃었다.

"맞네, 그때 나한테 나쁜 새끼라고 했던 개. 너, 그 미친 할망구한테 우리 일러바치려고도 했지?"

"무, 무슨 소리인지 모르겠는데⋯."

입이 바싹 말랐다. 도준이 할머니 얘기까지 알고 있을 줄이야. 하람도 은서를 발견하고 황급히 달려왔다.

"애 맞아! 강은서!"

은서는 도리질을 쳤다.

"뭔지는 모르겠지만, 나 아니야."

서둘러 도망치려는데 도준이 가방끈을 홱 낚아챘다.

"말 안 끝났는데 어디 가?"

그 바람에 가방이 심하게 흔들렸고, 안에 있던 나비가 놀라서 울음소리를 냈다. 은서 또한 몹시 당황해 소리를 질렀다.

"이거 놔!"

은서가 가방을 세게 잡아당기자 끈이 떨어졌다. 싸구려 가방이라 좀 망가져도 기우면 그만이었다. 문제는 끈을 쥐고 있던 도준의 손이었다. 도덕 시간에 만든 환경 보호 배지가 끈에 달려 있었는데, 그 배지 바늘에 도준이 손을 찔리고 말았다.

도준이 손을 감싸 쥐며 신음을 흘렸다. 벌건 피가 방울방울 맺혔다. 또 시작이다. 또 저주가 발동한 것이다. 은서는 야속한 눈으로 배지를 바라보았다. 하긴 배지가 무슨 잘못이 있겠는가.

은서는 모든 일이 저주 덩어리인 자신 때문인 것 같았다. 어떻게든 피해 주지 않으려고 조심 또 조심했는데 또 사고를 쳤다. 실망한 마음이 커서인지 온몸에 힘이 쭉 빠지는 것 같았다.

"너 이리 와!"

화가 난 도준이 소리를 질렀다. 그 얼굴을 보자 은서는 현실이 확 다가왔다. 덜컥 겁이 났지만 넋 놓고 있어서는 안 된다. 은서는 슬금슬금 뒷걸음질 쳤다.

"미안해. 일부러 그런 건 아니야."

하지만 사과가 먹힐 리 없었다. 도준이 이를 드러내며 다가오고, 은서는 도망쳐야겠다는 생각뿐이었다. 은서는 냅다 걸음을 돌려 복도를 달렸다. 도준도 뒤따라 뛰기 시작했다.

"거기 안 서!"

가방이 요동치자 나비가 꿈틀거리며 괴로운 듯 울었다. 마침 여자 화장실이 눈에 들어왔다.

'저기라면 황도준도 쫓아오진 못하겠지?'

은서는 급히 여자 화장실로 몸을 피했다. 그러나 도준이 점잖게 나올 거라는 생각은 오산이었다.

"이게 미쳤나! 감히 날 다치게 해 놓고 도망가?"

어느새 쫓아온 도준이 은서의 뒷덜미를 잡아당겼다. 은서는 기우뚱 몸의 균형을 잃고 엉덩방아를 찧었다. 하필 바닥에 물기가 있어서 옷이 다 젖어 버렸다. 가방 속 나비는 자꾸만 밖으로 기어 나오려 했다.

은서는 머리가 하얘졌다. 가방 속 나비를 숨기는 것도, 도준의 손아귀에서 벗어나는 것도 쉽지 않아 보였다. 아이들이 무슨 일인가 하고 몰려들었다. 그 아이들 중에 은서를 도와주는 사람은 아무도 없었다. 모두 한 걸음 뒤로 물러서서 마녀가 어떻게 사냥당하는지 구경이라도 하듯 숨죽이고 있었다.

"뭐야, 너희? 남자 새끼들이 여자 화장실엔 무슨 볼일이야?"

까칠한 목소리에 시선이 뒤쪽으로 쏠렸다.

"서, 서윤아…!"

"은서 놔 줘."

도준은 하는 수 없다는 듯 은서 뒷덜미를 놓았다. 서윤이 저벅저벅 걸어와 도준 앞에 섰다.

"야, 황도준. 네가 아무리 잘나가도 이건 아니지. 지킬 건 지켜."

천하의 황도준이 유일하게 쩔쩔매는 사람이 바로 서윤이었다. 도준은 고삐 뚫린 황소처럼 얌전해졌다. 그러고 보니 두 사람, 사귄다는 소문이 돌기도 했다. 아무리 봐도 어울리는 커플은 아니었다.

도준은 많이 억울한 모양이었다.

"찐따 같은 게 내 손을 다치게 했잖아. 이거 봐."

도준이 손을 내밀자 서윤의 눈빛이 한층 누그러졌다.

"으, 많이 아프겠다. 보건실 가 봐야 하는 거 아니야?"

서윤이 걱정해 주자 도준은 마치 어린아이처럼 미주알고주알 은서의 잘못을 일러바쳤다. 전후 사정을 알게 된 서윤은 도준에게 우선 치료부터 받으라며, 여긴 자기가 처리할 테니 얼른 보건실에 가 보라고 했다.

"오하람, 네가 도준이 좀 데려가."

"어? 으응….."

넋 놓고 있던 하람은 서둘러 도준을 부축했다. 도준은 은서를 한 번 노려보았지만, 그게 다였다. 멀어지는 도준의 뒷모습을 보고서야 은서는 숨이 쉬어졌다. 꼼짝 않고 있던 아이들도 누가 재생 버튼이라도 누른 듯 흩어졌다.

서윤이 주저앉은 은서에게로 다가왔다.

"뭐 해, 안 일어나고?"

은서가 멍한 표정으로 올려 보자 서윤이 손을 내밀었다.

"옷 다 젖었겠네. 체육복 있어? 없으면 내 거 빌려주고."

"아, 괜찮은데….."

"젖은 옷도 괜찮다니. 난 찝찝한 건 못 참는데. 근데 언제까지 그러고 있을 거야? 시간 없어. 곧 수업 시작해."

과거의 악연은 벌써 다 잊은 건가? 은서는 자신을 아무렇지 않게 대하는 서윤을 보고 있으니, 꼭 서윤을 처음 만난 날로 돌아간 것 같았다. 은서는 손에 묻은 물기를 교복 상의에 닦았다.

"고마워."

은서가 서윤의 손을 잡으려는데, 문득 서윤의 손바닥에 빨간 두드러기가 난 게 보였다. 은서의 시선을 눈치챘는지 서윤이 손을 급히 거두어들였다. 은서가 물었다.

"손 왜 그래?"

"별거 아니야."

"심해 보이는데."

"병원에 갔는데 전염되는 건 아니랬어. 아프지도 않고, 가렵지도 않고. 연고 바르면 금방 나을 거래."

그때, 가방에서 꿈틀거리던 나비가 빼꼼 고개를 내밀더니 서윤을 향해 하악질을 했다. 내내 얌전하던 나비가 갑자기 하악질이라니? 나비의 행동이 의미하는 바가 무엇인지 잠시 헷갈렸다. 단순히 서윤이 싫어서일까? 그게 아니라면 설마…? 아니다. 그럴 리가 없다. 서윤이 저주에 걸렸다니. 너무 뜬금없었다.

"고양이잖아? 학교에 고양이를 데려왔어?"

서윤이 놀란 듯 물었다. 생각에 빠져 있던 은서는 정신을 차렸다. 뭐라 둘러대야 좋을지 몰라 일단은 나비를 숨겼다. 마침 수업 시작종이 울렸다.

"먼저 갈게."

은서는 후다닥 걸음을 돌려 화장실을 빠져나가다 발길을 멈추었다. 이대로 가면 안 된다. 해야 할 일이 있었다.

"저기, 줄 게 있는데….."

"줄 거? 뭐?"

이유는 알 수 없지만 나비가 지목한 건 서윤이다. 은서는 서윤에게 손수건을 전해야 한다. 그 일을 하기 위해 이 고생을 했으니까. 은서는 서둘러 가방 앞주머니를 뒤졌다. 그런데 뭔가 이상했다.

"어, 어디 갔지?"

앞주머니에 넣어 둔 손수건이 온데간데없었다. 은서가 당황하자 서윤이 물었다.

"뭘 찾는데?"

"손수건을 주려고 했는데, 없어."

"손수건?"

뜬금없이 웬 손수건이냐는 듯 서윤이 피식 웃었다.

"시간 없어. 어서 수업이나 들어가."

그러곤 손바닥이 빨갛게 부었는데도 아무렇지 않게 다른 아이들 손을 잡고 교실로 향했다. 백반증 같은 게 손잡는 것과 무슨 상관이냐는 듯 은서 손을 잡아 주던 그날처럼.

그런 서윤이었는데….

은서는 알고 싶었다. 어느 날 갑자기 자길 모른 척하던 서윤의 마음을. 한참을 외면하고 지내다 이제 와서 아무렇지 않게 손 내미는 서윤의 마음을.

서윤은 이제 그때의 상처가 괜찮아진 걸까? 모를 일이다. 다만, 또 다른 저주가 서윤에게 엄습했다는 것만은 확실했다.

*

나비는 왠지 시무룩했다. 은서는 그런 나비의 머리를 쓰다듬었다. 간식도 주었다.

"네 잘못이 아니야. 너는 네 역할을 충실히 해냈어. 실패한 건 나야."

잃어버릴 게 따로 있지, 손수건을 잃어버리다니. 속상한 은서와 달리 나비는 오래 고민하는 성격은 아닌 듯했다. 짜 먹는 간식을 쪽쪽 빨아 먹더니 더 달라는 듯 배를 까고 발라당 누웠다. 녀석이 발밑에서 애교 부리는 모습을 보고 있으니 절로 미소가 지어졌다. 그러나 흐뭇한 마음도 잠시, 가슴이 답답해 한숨이 나왔다.

"뭘 그리 한숨을 쉬어요? 이거나 마시고 속 풀어요."

할머니가 찻잔에 녹차를 따라 주었다. 이번 티 타임 간식은 마카롱이다.

은서는 하굣길에 아틀리에에 들러 할머니에게 오늘 있었던 일을 털어놓았다. 저주 걸린 아이가 누구인지는 찾았지만 손수건을 잃어버렸다고. 은서는 혹시나 하는 마음으로 할머니에게 손수건을 다시 만들 수는 없냐고 물었다. 할머니는 그건 불가능하다고 했다.

"그 손수건에는 오랜 시간 마력이 깃들어 있어서 강한 저주도 풀 수 있는 거예요. 다시 만들려면 적어도 10년은 걸려요."

은서가 울상을 지었다.

"그럼 어떡해요? 서윤이 아니었으면 전 황도준 손에 끝장났을지도 몰라요."

은서는 스스로가 원망스러웠다. 이번에도 제대로 해내지 못했다. 그래서 울분을 터트리듯 할머니에게 자신의 무능함에 대해 털어놓았다. 자신이 얼마나 구제 불능인지. 공부도 못하고, 운동이나 미술 음악도 젬병이고, 교우관계는 말할 것도 없다고. 한마디로 어디 하나 내세울 데 없는 최악의 인간. 불운이란 불운은 모두 끌어당기고 사는 마녀. 그게 바로 은서 자신이었다. 은서는 자기도 모르게 고해성사하듯 말했다.

"저도 할머니처럼 마녀예요."

아빠에게조차 말해 본 적 없는 얘기였다. 할머니가 눈썹을 치켜올렸다.

"마녀요? 학생이 어딜 봐서요?"

"저주를 내려 본 적이 있거든요."

은서는 아랫입술을 잘근 씹었다. 그때의 기억을 꺼내는 건 여전히 쉽지 않은 일이다. 그런데 정말 이상하게도 할머니가 진정하라며 우려 준 찻물을 한 모금 마시자, 속에 든 말이 술술 나오기 시작했다. 혹시 녹차가 아니라 마녀의 영약인 걸까? 마시면 진실을 술술 불게 되는 약 말이다.

은서는 초등학교 3학년 여름 방학 때 있었던 그 일을 조심스럽게 꺼냈다. 켜켜이 묶여 있어서 아주 조금 들추어내는 것만으로도 숨이 턱 막히게 만드는 그 일을. 서윤의 비밀을 알게 된 그날의 일을….

서윤이 자기 오빠와 함께 있는 걸 은서가 보았다. 서윤의 오빠는 휠체어에 앉아 있었는데 혼자서는 움직이지 못할 정도로 아파 보였다. 서윤은 그런 오빠와 있는 걸 들켜서 몹시 당황한 눈빛이었다.

그 후로 서윤은 변했다. 은서는 봐서는 안 될 걸 본 것에 대해 사과를 했고, 어떻게든 다시 친해지려 노력했다. 그러나 서윤은 마음의 문을 굳게 닫고 열지 않았다.

너무 억울했다. 실수한 건데. 일부러 본 것도 아닌데. 억울함은 점차 분노로 변했다. 서윤의 비밀을 다 불어 버리고 싶었지만, 차마 그럴 수는 없었다. 그래서 다른 방법을 택했다.

'네가 날 밀어낸다면 나도 널 밀어낼 거야.'

은서는 당시 서윤이 키우고 있던 강아지가 없어졌으면 좋겠다고 저주했다. 차마 서윤을 저주할 수는 없었으니까.

그런데 정말로 강아지가 아파트 단지 안에 들어온 택배 차량의 바퀴에 짓밟혀 죽어 버렸다. 서윤은 그 일을 겪은 후 한동안 등교하지 않았다.

은서는 용서해 달라는 말조차 할 수 없게 되어 버렸다. 무슨 염치로. 강아지가 무슨 잘못이 있다고. 강아지에게 미안했고, 서윤에게 씻을 수 없는 상처를 주고 말았다. 그런데 서윤이 저주까지 당하다니. 혹시 자신이 뭘 실수해서 원래 도준이나 남자애들한테 붙어 있던 저주가 서윤에게 옮겨 간 건 아닐까 불안했다. 그렇지 않아도 서윤에게 미안한데 이 일을 어쩌나 싶었다.

은서가 말을 마치자 정적이 이어졌다. 할머니는 생각에 잠긴 듯 눈을 감고 말이 없었다. 한참 만에 눈을 뜨고는 녹차를 한 모금 홀짝 마시더니 입을 열었다.

"마녀를 너무 쉽게 보는 거 아닌가요?"

"네?"

"학생은 자신이 마녀일까 봐 걱정하는 것 같은데."

당연한 소리였다. 그렇다고 마녀 앞에서 마녀인 게 싫다고 말할 수는 없어서 입을 다물었다. 할머니가 작게 코웃음을 흘렸다.

"나 또한 그런 적이 있었죠. 내 인생은 왜 이 모양일까, 나 자신을 저주하며 죽고 싶었던 적도 있었고. 그러다 몸이 심하게 아프기도 했어요."

뜻밖의 말이었다. 할머니가 그랬을 거라고는 상상이 되지 않았다. 자신감이 충만해 보여서 누가 뭐라 해도 신경 쓰지 않을 것 같았는데.

할머니가 잘 보라며 젖은 찻잎을 향해 손을 뻗었다. 잠시 후 찻잎이 조금씩 말라 가기 시작했다. 마치 시간을 빨리 돌리기라도 한 것처럼 찻잎이 뽀송뽀송해졌다. 놀라운 광경에 은서는 입을 떡 벌렸다.

"어, 어떻게….."

할머니가 피식 웃음을 흘렸다.

"마녀로서의 정체성을 부정하는데 과연 손수건이 있다 한들 효력을 낼 수 있을까요? 이봐요, 어린 마녀. 똑똑히 알아 둬요. 저주를 풀기 위해선 손수건보다 더 중요한 게 있다는 걸. 바로 간절한 마녀의 마음이죠. 아무도 날 믿어 주지 않아도 자기 자신만큼은 스스로를 믿어야 해요. 마법이란 게 원래 그런 거라고. 기적 같은 거. 근데 우습게도, 자기를 온전히 믿는 것이야말로 기적만큼이나 어려운 거예요."

자길 안 믿는 사람도 있나? 무슨 말인지 아리송했다.

"그 애 저주를 풀어 주고 싶다고 말했죠?"

할머니는 아예 방법이 없는 건 아니라고 했다. 이가 없으면 잇몸으로 씹으면 되고, 손수건이 없으면 대체할 강력한 마물을 만들면 된다고 했다. 그것만 만들면 서윤의 저주를 풀 수 있었다.

강은서: 마녀의 제자

할머니는 마음을 모으라 했다. 그럼 어느 날 한곳에 마력이 집중될 거라고. 그렇게 모으고 또 모으다 보면 마침내 마녀의 마물이 만들어진다는데….

"마음을 모은다는 게 무슨 뜻이에요?"

방금 눈앞에서 벌어진 일이 속임수가 아니라면, 할머니가 정말로 마법을 부린 거라면, 은서는 알고 싶었다. 서윤의 저주를 푸는 법을.

"간절함이죠. 간절함이 모이고 모여서 놀라운 마법을 만드는 거예요. 나의 간절함뿐만 아니라 다른 사람의 간절함도 모을 수 있어요."

"어떻게요?"

"그 사람이 소원을 이룰 수 있게 도움을 주는 거죠."

할머니가 마법을 부리듯 손가락을 허공에서 휘둘렀다. 꼭 신데렐라에 나오는 요정 할머니 같았다. 은서는 할머니가 자신에게도 놀라운 마법을 부려 줬으면 했다. 신데렐라에게 호박 마차가 필요했던 것처럼 은서에게는 저주를 푸는 마법이 필요하다. 그런 은서의 마음을 눈치챘는지 할머니가 단호하게 말했다.

"나는 분명 손수건을 줬어요. 잃어버린 건 학생이고, 책임을 져야 할 사람도 학생이에요."

한마디로 알아서 하라는 소리였다. 은서는 아랫입술을 깨물었다.

"전 아직 마법을 부릴 줄 모르는데요?"

"그럼 마녀 수업을 받아 보는 건 어때요?"

"마녀 수업…이요?"

내키지 않는 제안이었다. 스스로를 마녀라고 생각하긴 하지만, 본격적으로 마녀가 되고 싶진 않았다. 하지만 할머니 말에 따르면 '진짜 마녀'가 되지 않고서는 서윤의 저주를 풀 수 없을 것 같았다.

할머니는 마녀 수업이란 게 대단한 걸 배우는 건 아니라고 했다. 일단은 아틀리에 일을 돕는 것부터가 시작이었다. 할머니는 시대가 시대인지라 요즘은 블로그인지 뭔지로 가게 홍보를 해야 한다는데, 당최 어떻게 하는지 알 수가 없다며 그것부터 좀 맡아 달라고 했다.

그러면서 자긴 제자를 두진 않는데 특별히 거두어 주는 거라고, 싫으면 자기야 편하고 좋다고 했는데… 어쩐지 공짜로 부려먹으려는 건 아닌가 싶기도 했다. 그래도 하는 수 없었다. 서윤의 저주는 풀고 봐야 하니까.

"알았어요, 할게요."

"오케이!"

할머니가 껄껄 웃으며 종이 한 장을 꺼냈다. 사제 의식을 맺어야 한다며 만년필로 몇 문장을 빠르게 휘갈겼다. 두 사람이 스승과 제자의 관계를 맺겠다는, 만에 하나라도 마녀의 규약을 어길 시 그 어떤 저주라도 달게 받겠다는 내용이었다. 은서는 이게 사제 의식이 아니라 노예 계약은 아닐까 살짝 걱정이 됐다.

할머니와 은서는 차례로 서명을 했고, 그 종이를 불에 태웠다. 서약서는 한순간 푸른 불꽃으로 타오르더니 어느새 사라졌다. 의식을 마치고 나서야 은서는 궁금한 게 생겼다.

"그런데 마녀의 규약이라는 게 뭐예요?"

"그건 말이지."

할머니가 속을 알 수 없는 의미심장한 미소를 지었다.

"제자는 스승의 말에 무조건 복종한다는 거야. 이제 내 제자가 되었으니 말은 놓아도 되겠지? 자, 그럼 뭐부터 배워 볼까? 우선 청소부터 배워 볼까?"

"처, 청소요?"

"뭘 그리 놀라? 청소는 기본 중의 기본이야. 바닥을 쓸고 닦으며 마음을 모아 보라고. 자, 꾸물거릴 시간 없어. 벽에 있는 낙서도 싹 다 지우도록. 서둘러!"

어디서 났는지 할머니가 세제와 헝겊을 던져 주었다. 은서는 얼떨결에 장갑과 마스크까지 착용하고 말았다. 마녀 아틀리에 첫 수업이 시작되는 순간이었다.

오하람

# 일진의 조건

지잉, 휴대폰이 진동했다. 하람은 메시지를 확인하기도 전에 한숨을 내쉬었다. 보나마나 황도준일 테니까. 휴대폰을 열어 보니 역시나 도준에게서 짧은 메시지가 와 있었다.

> 빨리 와 하람아. 다들 너 기다리고 있어^^

소름이 돋을 정도로 상냥한 문자였다. 누가 보면 절친에게서 온 문자로 오해할 것이다. 도준은 치밀하다. 문제가 될 만한 문자는 결코 보내지 않는다. 그러면서도 욱하면 폭발하는 또라이다.

대놓고 괴롭히면 학교 폭력 때문에 골치 아프다는 걸 잘 아는 도준이었다. 대신 다른 아이들을 시켜 약점을 놀리거나 협박했다. 그러다가도 화가 나면 물불 안 가리고 물건을 집어던지기

오하람: 일진의 조건

도 한다. 휴대폰을 던져 교실 유리창을 깬 적도 있다. 혹시라도 사람이 맞았다면 아찔했을 일이었다. 그런데도 도준은 실수였다는 말 한마디로 처벌 없이 넘어갔다. 하람은 그런 도준과 친해져야만 하는 자신의 운명에 한숨이 나왔다.

그래도 어쩌겠는가. 학교는 정글이다. 엄연히 먹이 피라미드가 존재한다. 먹이 피라미드 꼭대기에는 초식 동물을 잡아먹는 육식 동물들이 있다. 그들은 생태계의 왕으로 군림한다. 그 아래, 육식 동물의 먹이로 살아가는 초식 동물들은 육식 동물의 눈치를 보며 근근이 살아간다.

먹이 피라미드의 정점에는 두말하면 잔소리, 폭군 황도준이 있다. 그렇다면 하람은? 얼마 전까지만 해도 초식 동물이었다. 그러다 겨우 도준의 눈에 들어 바닥 인생을 면하긴 했는데… 사실 잘 모르겠다. 바닥 생활을 면한 건지, 본격적인 셔틀 인생이 시작된 건지.

오늘은 도준 무리 아이들이 노래방에 간다고 했다. 하람에게도 같이 놀자고 했는데, 싫다고 거절한 처지가 아니라 무조건 콜을 외쳤다. 문제는 회비가 필요하다는 것. 도준이 이렇게 말했다.

"5만 원씩 낼까?"

질문의 형태를 띠었다고 해서 눈치 없이 다른 의견을 내면 안 된다. 도준의 말은 형태가 어떻든 법이나 마찬가지다.

하람을 지갑을 열어 보았다. 달랑 9천 원이 전부였다. 답답한 마음에 방 두 개짜리 허름한 집을 둘러보았다.

'돈 나올 구석 어디 없나?'

먼지만 뽀얗게 내려앉은 토요일 오후, 집은 조용해도 너무 조용했다. 엄마는 마트 시식 코너 아르바이트를 한다고 나갔고, 아빠는 손님이 많지 않아 용돈 벌이도 안 되는 세탁소에 앉아 있을 것이다. 그 덕분에 하람은 안방 옷장을 슬쩍 뒤져 볼 수 있었다.

예전에 엄마 지갑에 몇 번 손을 댔다. 처음엔 엄청 떨렸는데 하다 보니 괜찮아졌다. 그런데 어느 순간부터 엄마 지갑을 찾기 힘들어졌다. 오늘도 엄마 지갑은 없었다. 아니, 동전 한 푼 보이지 않았다. 이놈의 집구석은 가난 말곤 가진 게 없으니까.

문득 거실 탁자 위의 돼지 저금통이 눈에 들어왔다. 가까이 다가가 그것을 흔들어 보았다. 묵직한 동전의 무게가 느껴졌다.

'확 따 버려?'

마음은 굴뚝같았지만, 그랬다간 아빠가 난리를 칠 것이다. 엄마 지갑에 함부로 손을 대는 양심 없는 아들이라지만, 아빠의 돼지 저금통엔 차마 손댈 수 없었다. 아니, 손대고 싶지 않았다.

하는 수 없이 빈손으로 집을 나섰다. 신발을 신으려는데 얼마 전 공사판 웅덩이를 밟아 더러워진 자국이 눈에 띄었다. 물티슈로 닦아도 얼룩은 지워지지 않았다. 꼬질꼬질한 신발이 마음에 안 들었다. 새 걸로 바꾸고 싶었다. 이왕이면 명품 신발로. 도준이 신는 신발 같은 거 말이다.

약속 장소로 가는 길에 혹시나 해 아빠 가게를 지나쳤다. 아빠는 손님 없는 가게를 지키며 꾸벅꾸벅 졸고 있었다. 슬쩍 다가가 문을 열자 아빠가 벌떡 일어나며 고개를 90도 숙였다.

"어, 어서 오세요, 하람 세, 세탁소임다! 다, 당신의 주름진, 미소, 까지 쫙쫙 펴, 드릴게요!"

엄마가 달달 외우게 한 인사 멘트였다. 어수룩한 표정과 말투에 눈살이 구겨졌다.

"아빠, 나야."

"어, 하람이."

아빠는 두 눈을 끔뻑끔뻑하더니 손님이 아닌 걸 알고 도로 자리에 앉았다. 게슴츠레하던 두 눈이 다시 감기기 시작했다.

"피곤하면 집에 가서 자든가."

"피, 피곤, 하지, 않다."

더듬거리는 말투, 나사가 풀린 듯한 표정, 아빠는 누가 봐도 조금, 아니 많이 모자라 보였다. 사고로 뇌를 다친 후유증이었다. 시간이 지나면 괜찮아질 줄 알았는데, 아빠는 사고로부터 3년이 지난 지금도 그대로였다. 하람은 절로 한숨이 나왔다. 그래도 오늘은 볼일이 있으니 불쾌한 내색은 하지 않기로 했다. 하람은 헛기침을 하며 슬며시 물었다.

"혹시… 돈 좀 있어?"

"돈?"

끔뻐억, 끔뻐억. 아빠 눈꺼풀이 느리게 움직였다.

"없어어…."

"아이, 없긴 왜 없어. 있잖아. 좀 줘 봐. 5만 원만."

하람은 살짝 짜증을 냈다. 그러나 아빠는 졸음이 쏟아지는지 고개를 툭 떨어뜨리기만 할 뿐 대답이 없었다.

"5만 원만 달라니까!"

하람이 버럭 소리를 지르자 아빠가 눈을 번쩍 뜨더니 미간을 잔뜩 찌푸리며 하람보다 더 크게 소리쳤다.

"가! 가!"

집에 가란 소리였다. 아빠가 하람을 마구 밀어냈다.

"아, 알았어! 간다고, 가!"

하람은 아빠 손을 뿌리치며 가게를 나왔다. '하람 세탁소'라고 쓰여 있는 간판이 가시처럼 눈에 박혔다.

"누가 내 이름 갖다 쓰래! 당장 간판 바꿔!"

성질을 버럭 내고 발길을 돌렸다.

'이름을 쓰려면 이름값이라도 주든가. 용돈도 쥐꼬리만큼 주면서.'

걷는 중에 신발이 확 벗겨져 하마터면 넘어질 뻔했다. 신발이 또 물웅덩이에 빠졌다. 하람은 짜증이 나서 바닥을 걷어찼다.

"어윽!"

맨발인 줄 모르고 아스팔트를 걷어차고 말았다. 하람은 오른

발을 쥐고 콩콩 뛰었다. 되는 게 하나도 없는 주말 오후였다.

*

하람이 회비를 가져오지 못했다고 하자, 분위기가 험악해졌다. 애들 중 몇몇이 들으라는 듯 욕을 했다. 회비도 없이 끼려고 하다니 생각이 있냐는 것이었다.

'누가 끼고 싶어서 끼나. 끼지 않으면 안 되니까 끼는 거지.'

속으로는 그렇게 생각해도 겉으로는 비굴한 웃음만 흘렸다.

"미안해, 얘들아."

"새끼가, 웃어? 재밌냐?"

성우가 인상을 썼다. 그때, 도준의 목소리가 들려왔다.

"됐어. 용돈이 모자랐나 보지. 비켜 봐."

하람을 둘러싸고 있던 아이들이 반으로 갈라졌다. 도준이 입가에 비린 미소를 띤 채 다가왔다. 하람은 몸이 바짝 얼어 꼼짝하지 않고 있었다. 키가 큰 도준은 무릎을 굽혀 하람과 눈높이를 맞추었다.

"내가 빌려줄게, 5만 원."

도준이 입을 열자 담배 찌든 냄새가 났다. 담배를 얼마나 피우는지, 냄새가 역해도 너무 역했다. 도준은 학교 화장실에서도 담배를 피웠다. 수업 시간에 담배 냄새를 풀풀 풍기는데도 아무런 징계를 받지 않았다. 듣기로 부모님이 꽤 유명한 사람들이라고 했다.

그런 도준에게 유일하게 잔소리를 하는 사람이 있다면, 미니 샘뿐… 아니지. 또 한 명 있다. 마녀 아틀리에 할머니. 할머니는 어쩌자고 도준을 건드렸을까. 그 바람에 할머니는 도준의 복수에 된통 당해야 했다.

할머니는 단단히 화가 났는지 학교까지 찾아와 범인을 찾으려 했다. 하람은 가게 유리에 낙서한 걸 들킬까 봐 얼마나 조마조마했는지 모른다. 다행히 할머니는 소득 없이 돌아갔다.

그런데 엉뚱하게도 강은서가 끼어들었다. 그 애도 하람만큼이나 불쌍한 인생이었다. 아니, 하람보다는 나으려나? 강은서는 존재감이 없었다. 차라리 그 편이 나을 것이다. 여기저기 치이는 찐따 인생보다는.

은서가 페인트칠을 누가 한 건지 안다고 했단다. 그 바람에 도준이 화가 나서 은서를 밟으려고 했는데, 서윤이 말렸다. 역시 김서윤은 대단하다. 황도준을 컨트롤할 수 있는 유일한 아이.

아마도 도준이 서윤을 좋아한다는 것 같았다. 일방적인 구애라고 들었는데, 도준은 뻔뻔하게도 서윤과 사귄다는 헛소문을 퍼트렸다. 그런 식으로 조금씩 서윤의 마음을 가져 보겠다는 건데… 하람이 보기엔 어림도 없어 보였다.

도준이 지갑에서 5만 원을 꺼내 줬다. 하람은 두 손을 내밀어 황송하다는 듯 받았다.

오하람: 일진의 조건

"고마워, 도준아. 담에 꼭 갚을게."

"그럼. 갚아야지. 사람이 은혜를 잊으면 못 쓴다?"

"4만 원만 줘도 되는데. 만 원 있거든."

도준은 픽 웃고는 하람의 어깨를 툭툭 두드렸다. 성우가 주는 대로 받으라며 이를 드러냈다. 선심 쓰는 척은. 이자까지 쳐서 받을 거면서. 하람은 또 당한 것 같아 몰래 주먹을 꽉 쥐었다. 도준의 얼굴에 한 방 먹일 수만 있다면 얼마나 좋을까. 그때 도준이 돌아서는 바람에 하람은 화들짝 놀라 허둥지둥했다.

"왜, 왜, 도준아?"

"하람아, 너 이거 봤어?"

도준이 자기 신발을 가리켰다.

"어, 그 신발은….”

"맞아. 네가 내 생일 선물로 사 준다고 했다가 못 사 준 신발. 근데 얘네가 돈 모아서 사 줬어."

도준이 자기 친구들을 바라보며 웃었다. 담배 냄새와는 전혀 어울리지 않는 희고 해맑은 미소였다. 도준은 천 개의 얼굴을 가진 걸까. 어떻게 같은 얼굴로 악마와 천사의 표정을 동시에 지을 수 있지? 하람은 속으로 혀를 내둘렀다.

도준이 신고 있는 신발은 유명 명품 브랜드의 고가 제품이었다. 가격이 자그마치 100만 원에 육박한다. 도준이 그걸 갖고 싶어 했는데, 어이없게도 하람이 사 주겠다고 공언했었다.

웬 미친 할망구가 도준이 담배 피우는 걸 동네방네 떠들고 다니는 통에 꼰대(도준은 자기 아빠를 이렇게 표현했다) 귀에 들어가서 용돈 카드를 뺏겼다고 했다. 그러면서 방법이 없겠냐고 물끄러미 하람을 바라보는데, 이놈의 미친 입이 자기도 모르게 움직였던 것이다. 물론 하람은 약속을 지키지 못했다. 엄마 지갑을 털어서 살 수 있는 물건이 아니었으니까.

"그땐 정말 미안했어…."

하람이 사과하자 도준이 무슨 그런 소리를 하냐며 고개를 저었다.

"네가 신발 대신 딴 거 사 준다며."

"그, 그랬지."

신발을 사 줄 수 없게 됐다고 했을 때, 도준의 무리가 어디서 구라를 쳤냐며 하람을 죽이려 들었다. 하람은 한 번만 더 믿어 달라며, 다음에는 뭐가 됐든 꼭 사 주겠다고 빌었다. 너무 겁이 나서 아무 말이나 나온 거였다.

"나, 이거 사 주면 안 돼?"

도준이 톡을 보냈다.

"신발이랑 세트로 나온 건데, 같이 입으면 예쁠 것 같아서."

하람은 톡을 확인했다. 신발과 같은 브랜드의 까만색 긴소매 티셔츠였다. 가슴팍에 감옥에 갇힌 여자 그림이 프린트되어 있었다. 여자는 오른손엔 해골을, 왼손에는 열쇠를 쥐고 있었다.

'이건 또 얼마나 하려나.'

걱정이 앞섰지만, 그래도 신발만큼 비싸겠나 싶었다.

이번에도 못 사준다고 하면 도준의 심기가 많이 불편할 듯했다. 도준 무리도 가만 있지 않을 거고. 그 애들은 신발을 사느라 출혈이 컸을 테다. 삥을 뜯었을지도 모른다.

장담하고 못 지킬까 봐 찝찝하긴 했지만 하람은 일단 큰소리를 쳤다.

"응. 꼭 사 줄게. 이번에는 진짜!"

"기대할게."

도준이 빙긋 웃었다.

이제 그만 노래방에 가자며 도준이 돌아섰다. 아이들도 우르르 뒤따랐다. 하람은 걸음을 옮기며 몰래 휴대폰으로 티셔츠를 검색했다. 가격을 확인하는 순간, 억 소리가 나올 뻔했다.

'티셔츠 한 장에 50만 원이라고?'

미친 가격이었다. 하람은 앞서가는 도준을 원망스러운 눈길로 바라보았다. 도준은 아이들과 어깨동무를 한 채 뭐가 우스운지 낄낄거리고 있었다.

*

누군가는 말한다. 그렇게 비굴하게 사느니 차라리 용기 있게 맞서 싸우라고.

싸우라고?

헛웃음도 나오지 않는 소리다. 용기가 그리 쉽게 낼 수 있는 거라면 세상이 이처럼 엿 같진 않을 것이다. 하람도 비굴하게 목숨을 구걸하지 않고 당당해지고 싶다.

하지만 현실은 이상과 다르다. 일진에게 찍히면 그 즉시 '찐따', '찌질이'로 살아야 한다. 그 고통은 겪어 보지 않은 사람은 모른다. 함부로 말해선 안 되는 아픔이다.

하람은 일찌감치 초등학교 때부터 그랬다. 잘나가는 아이에게 찍히면 아무도 놀아 주지 않는다. 뭘 해도 찐따 취급받기 일쑤다. 어쩌다 그 지경이 됐는지는 모르겠다. 용돈이 없어 애들한테 빌붙어서? 애들한테 잘 보이려고 이런저런 거짓말을 해서?

"저 새끼 허언증이야."

아이들은 하람의 뒤에서 이렇게 수군댔다. 병신 같은 게 뻥만 날린다며 무시하는 애들이 부지기수였다.

그런 취급을 받은 게 언제부터였는지는 똑똑히 기억한다. 초등학교 3학년 때였다. 그때 하람은 몇몇 친구들에게 거짓말을 했다. 속이려고 속인 건 아니다. 당시 애들 사이에서 변신 자동차 애니메이션이 인기를 끌고 있었다. 거기 나오는 캐릭터 장난감 모으는 게 열풍이었는데, 그중 구하기 힘든 버전의 장난감을 한 아이가 가져왔다. 그 애는 아빠가 어렵게 구해 준 거라고 아이들 앞에서 자랑했다. 다들 부러운 눈빛으로 그 애를 봤다. 한 번만

만져 보면 안 되냐고 구걸하듯 애원했다.

장난감을 손에 쥔 그 애가 왠지 대단해 보였다. 하람도 아이들의 부러움을 한 몸에 받고 싶었다. 그래서 그렇게 말했다. 아빠가 더 귀한 '라이메리온'을 사 주었다고, 저건 아무것도 아니라고.

"야, 거짓말하지 마! 우리 아빠가 라이메리온은 품절이라 돈 있어도 못 산다고 했거든!"

그 애가 씩씩거렸다.

"뭐래! 진짜 있거든!"

하람도 맞받아쳤다. 아이는 하람에게 거짓말쟁이라 했다.

"너 전에도 거짓말했잖아! 집에 도마뱀 없는데 도마뱀 키운다고 했잖아!"

수업 중에 도마뱀에 대해 배웠는데, 다들 키우고 싶어 하는 분위기였다. 애들에게 잘 보이고 싶었던 하람은 도마뱀을 키우고 있다고 말했다. 결국 아닌 게 들통났지만 그때는 나중 일은 안중에도 없었다. 자기도 모르게 거짓말이 툭 튀어나온 거다.

정곡을 찔린 하람은 화가 나서 그 애의 머리채를 잡았다. 한바탕 싸우고 난 뒤, 선생님에게 불려 가 혼이 나기까지 했다. 씩씩거리며 교실로 돌아오는 길에 그 애가 낮게 을러댔다. 있으면 진짜 가져와 보라고.

집으로 돌아간 하람은 엄마에게 라이메리온을 사 달라고 울며불며 매달렸다. 물론 며칠이 지나도 하람은 라이메리온을 학교에 가져갈 수 없었고, 아이들 사이에선 거짓말쟁이로 낙인찍혔다.

그럼에도 하람은 종종 거짓말을 했다. 없는데도 있다고 한다든가, 아빠가 잘나가는 회사에 다닌다든가, 앵무새를 키운다고도 말했다. 집에 외제 차가 있다고도 했다. 아무도 믿어 주지 않는 거짓말을 습관처럼 내뱉게 됐다.

문제는 그 입을 도준 앞에서도 털었다는 것이다.

하람이 도준을 만난 건 운명이었을까? 하람은 중학교에 올라와서도 별 볼 일 없는 애였다. 초등학교 때부터 이어져 온 이미지는 도무지 벗어날 수가 없었다.

정말이지 죽고 싶은 적도 많았다. 너무 화가 나서. 너무 억울해서. 바꾸려고 발버둥 쳐도 아이들은 인정해 주지 않았다. 전학보내 달라고 엄마를 졸라도, 엄마는 '얘가 갑자기 왜 이러냐'라는 말만 반복했다.

사실 전학이 어렵다는 건 알고 있었다. 전학을 가려면 이사를 가야 하고, 엄마 아빠는 이사 갈 돈이 없었다. 그래도 이렇게 계속 살기는 싫었다. 그래서 높은 곳에 올라가 본 적도 있었다. 너무 떨려서 바로 내려왔다. 올라가서야 알 수 있었다. 죽고 싶지 않다는 걸. 스스로 목숨을 끊는 건 결코 쉬운 일이 아니었다.

그맘때쯤 도준을 만났다.

수업 시간에 배가 아파 화장실에 갔는데, 변기 칸 안에서 담배 냄새가 났다. 보나마나 도준이겠거니 싶어 어깨가 움츠러들었다. 배 아팠던 게 싹 들어가서 그냥 교실로 돌아가려는데, 미니 샘이 씩씩대며 화장실로 들어오려다 하람을 보고 깜짝 놀라 밖으로 나갔다. 그제야 하람은 자신이 바지를 반쯤 풀고 있었다는 걸 알게 됐다. 변기에 앉기도 전에 지퍼부터 내리고 있었던 것이다.

허겁지겁 옷을 추스르며 소리쳤다.

"죄, 죄송해요, 선생님!"

"죄송하긴. 내가 미안하지. 그런데 혹시 안에 도준이 있니?"

"도준이요?"

"응. 담배 냄새가 나는 것 같은데."

하람은 지퍼를 올리던 손을 멈추었다. 순간, 불현듯 어떤 생각이 떠올랐다.

미니 샘이 화장실에서 흡연 중이던 도준의 담배를 빼앗아 변기에 넣고 내린 일화는 아이들 사이에서 유명했다. 미니 샘이 화가 나서 도준에게 '나쁜 새끼'라고 욕한 것도 소문이 났다. 그 일로 선생님은 신고를 당했다. 학생에게 욕한 교사라고 말이다.

교장, 교감 선생님이 도준의 부모님에게 선처를 빌고서야 미니 샘은 혐의를 벗을 수 있었다. 교감 선생님은 학생 지도를 하더라도 적당히 하라고 했지만, 선생님은 단호했다. 학생은 담배를 피워선 안 된다고. 또 발각되면 그때도 가차 없을 거라고. 그런데 도준이 또 화장실에서 담배를 피운 것이다. 이건 미니 샘에 대한 명백한 도발이었다.

황도준 킬러인 미니 샘이 냄새를 맡고 4층 남자 화장실까지 찾아왔다. 여기서 또 한 번 붙게 되면 누구의 승리로 끝이 날까? 아마 선생님이 이길 승산은 높지 않을 것이다. 그만큼이나 황도준이 가진 뒷배는 대단해 보였으니까.

그래서 하람은 자신의 장기를 선보이기로 했다. 미니 샘을 위해서. 미니 샘이 또 신고당하는 것만은 막아야 하니까.

"아니요. 저밖에 없어요."

"그래? 정말 도준이 없어?"

"잠시만요. 제가 한번 볼게요."

하람은 잠시 뜸을 들이다 화장실 밖을 향해 소리쳤다.

"진짜 없어요. 선생님, 저 그런데 배가 너무 아파서 똥 싸야 할 것 같은데…."

"아, 그래! 미안해, 얼른 볼일 봐!"

당황한 미니 샘이 황급히 사라지는 소리가 들렸다. 그리고 잠시 후, 화장실 변기 칸이 열리고 도준이 모습을 드러냈다.

도준은 손에 든 담배를 땅에 던져 발로 비벼 껐다. 하람은 바지를 부여잡은 채 침만 꼴깍 삼켰다. 이윽고 도준이 양손을 바지 주머니에 넣은 채 가까이 다가왔다.

오하람: 일진의 조건

"이름이 뭐야?"

"나?"

"그럼 너 말고 여기 누가 있어?"

"오하람. 3반이야."

도준이 한쪽 입꼬리를 올렸다.

"난 4반. 언제 한번 우리 반으로 놀러 와."

그게 시작이었다.


솔직히 말하면, 미니 샘을 위했다는 말은 거짓말이다. 하람은 죽고 싶지 않았을 뿐이다. 어떻게든 살아남고 싶었다. 그러기 위해선 도준 같은 아이와 친해질 필요가 있었다. 그게 아니고서는 하람 같은 초식 동물들은 말 그대로 동물 취급을 당하고 만다. 인간 대접 못 받는다는 소리다. 그나마 도준 곁에 있으면 뜯길 대로 뜯기긴 해도 직접적인 피해를 입진 않는다. 일진이 되고 싶은 건 그래서였다.

그러나 일진의 조건은 까다로워도 너무 까다로웠다. 도준 정도는 되어야 일진다운 일진이라고 할 수 있을까?

도준으로 말할 거 같으면 초등학교 때부터 유명하지 않았나. 공부 잘하기로, 집안 빵빵하기로, 선생님들 칭찬 자자하기로. 그래서 도준이 중학교 입학 후 돌변했을 때는 꽤 놀라기도 했다. 어쩌다가 저렇게 흑화했을까.

도준과 같은 조건을 갖출 수는 없었다. 하람은 스스로가 '일점오진' 정도 되어 보였다. 일진 옆에 빌붙어 살아야만 하는, 악어의 이빨을 청소해 주고 먹이를 얻는 악어새 같은 존재 말이다.

*

하람은 좁디좁은 바닥에 드러누워 휴대폰으로 검색하고 또 검색했다.

'중학생 단기 알바', '돈 빨리 버는 법', '미성년자 대출'.

인터넷에 돈 구하는 법에 대해 질문을 남기기도 했는데, 어이없게도 보이스 피싱을 해 보라는 조언이 있었다.

그러지 말고 엄마한테 솔직하게 말해 볼까? 친구 선물 산다고 50만 원만 달라고 하면 엄마가 뭐라고 할까? 하람은 곧 고개를 저었다. 엄마 지갑에 손댄 것도 도준에게 줄 회비를 마련하기 위해서였다. 그것도 양심에 찔려 죽겠는데, 50만 원을 달라고? 엄마는 밤낮없이 일해도 산더미처럼 쌓인 대출 이자를 갚느라 허덕였다. 바보가 된 아빠 건사하랴 하람 뒷바라지하랴, 몸이 두 개라도 모자랄 엄마에겐 못 할 소리였다.

그렇다고 뾰족한 방법이 있는 것도 아니었다.

"에이, 씨. 확 그냥 짝퉁이나 사 줘 버릴까 보다."

하람은 답답한 마음에 신경질을 내며 인터넷 앱을 껐다. 멍하니 천장만 바라보고 있는데 알람이 울렸다. 이제 곧 집을 나서야 할 시간이었다. 오늘도 어김없이 도준 무리 모임이 있었다. 한숨이 나왔다.

그런데 약속 장소인 마을의 한적한 공터에 도착했을 때, 하람은 분위기가 심상치 않음을 느꼈다. 도준이 어떤 아이를 앞에 두고 주먹을 날리고 있었다.

"잽, 잽 잽!"

아이는 어쭙잖게 가드를 올리고 있었지만 도준의 공격을 고스란히 얻어맞고 있었다. 하람이 놀라서 주춤하는 사이, 곁에서 도준과 아이를 지켜보고 있던 성우가 알은체를 했다.

"왜 이제 와? 일찍 일찍 다녀."

"응…. 근데 뭐 하는 거야?"

하람이 도준을 힐끔거리며 묻자 성우가 피식 웃었다.

"별거 아니야. 도준이 복싱 스파링 중."

복싱이라고? 하람이 아는 도준은 복싱장에 다닌 적이 없는데…. 그때 도준의 강한 어퍼컷이 아이의 배에 꽂혔다. 아이가 신음을 흘리며 바닥에 무릎을 꿇었다. 복싱 경기에서 승리라도 거둔 듯 두 팔을 들어 올리며 환호하던 도준이 아이 앞에 쪼그려 앉았다.

"그러게 제대로 좀 하지 그랬어. 어디서 있지도 않은 오토바이를 가져온다고 구라를 친 거야? 겁대가리 없이."

그제야 하람은 일이 어떻게 돌아가는지 알 것 같았다. 그래서

맞고 있구나. 하람은 쓰러진 아이가 남 같지 않았다. 만약 티셔츠를 준비하지 못하면? 생각만으로도 등허리에 진땀이 흘렀다. 아이의 머리를 쓰다듬던 도준이 고개를 들다가 하람을 발견했다. 도준이 밝게 웃으며 손을 들어 인사했다.

"여어, 마녀사냥 일등 공신 왔어?"

도준은 그날의 습격 사건을 '마녀사냥'이라고 표현했다.

"으응, 도준아. 늦어서 미안."

도준은 아이를 발끝으로 툭툭 건드리더니 그만 가 보라고 했다. 아이는 아픈 배를 부여잡고 어기적어기적 사라졌다. 도준이 멀어지는 그 애 뒷모습을 바라보다가 따분한 얼굴로 침을 퉤 뱉었다.

"아, 뭐 재밌는 거 없나. 오토바이 탈 생각에 신났었는데."

그러곤 하람에게 다가와 어깨에 팔을 둘렀다. 하람은 자기도 모르게 움찔하고 말았다. 도준이 뭘 쪼냐며 피식 웃었다.

"하람아, 우리 마녀사냥하던 날, 너 그때 페인트칠 엄청 잘했잖아."

"내가? 그, 그랬나?"

하람은 멋쩍게 웃으며 눈길을 떨어뜨렸다. 그날을 생각하면 지금도 숨통이 꽉 막혔다. 도준의 말처럼 할머니 가게 습격은 하람이 앞장선 꼴이 됐다. 어려울 건 없었다. 빨간 스프레이 페인트로 큼지막하게 '미친 할망구'라고 쓰면 그만이었다. 문제는 도중에 약간의 소란이 생겼다는 것이다.


그날, 아틀리에 앞으로 서윤이 찾아왔다. 도준이 스릴 넘쳤다고 표현한 것도 서윤 때문이었다. 도준이 애들하고 범행을 계획하다가 서윤에게 들켜 버렸다. 서윤은 자기도 노는 데 끼워 달라고 했는데, 사실상 감시나 마찬가지였다.

도준은 불편해했지만, 싫다는 소리는 하지 못했다. 전면에 나서기 껄끄러워진 도준은 대신 하람을 시켜 복수를 주도하게 했다. 하람은 서윤과 친하지 않으니 감시의 눈초리에서 자유로울 거라고 판단한 듯했다.

아무리 그래도 서윤 앞에서 대놓고 복수를 감행하기는 어쩐지 눈치가 보였다. 무엇보다도 하람은 낙서를 하고 싶지 않았다. 할머니를 만나 본 적도 없고, 복수할 이유도 없었다. 할머니가 딱히 잘못한 것 같지도 않았다. 왜 자신이 도준의 복수를 대신해야 하는지 답답하기만 했다.

망설이던 하람은 아틀리에 출입문 앞에서 스프레이 통만 흔들었다. 도준 역시 골치가 아파 보였다. 어떻게든 서윤의 신경을 딴 곳으로 돌리려 애썼다. 새로 오픈한 아이스크림집에 가지 않겠냐고 구슬리기도 했다. 서윤은 듣는 둥 마는 둥 했다. 급기야 이상한 말을 지어내기까지 했다.

"어? 방금 가게 안에 불 켜지지 않았어?"

하람은 어리둥절했다. 불이 켜졌다고? 아틀리에는 여전히 어둠 속에 잠겨 있었다. 하람이 난처한 웃음을 흘렸지만, 서윤은 정말로 불이 켜진 걸 봤다며 아틀리에 앞으로 다가왔다.

하람은 문득 오늘 일은 실패라는 생각이 들었다. 서윤이 함께했을 때부터 알아봤어야 한다. 남의 가게 유리에 낙서하는 걸 두고 볼 서윤이 아니었다. 엉뚱한 소리를 하는 것도 시간을 끌려는 걸지 몰랐다.

서윤이 단단히 버티고 선 바람에 선뜻 손이 나가지 않았다. 그러자 도준이 긴 한숨을 내쉬며 하람을 노려봤다. 그냥 저질러 버리라는 뜻이었다.

'에이, 될 대로 돼라.'

하람은 냅다 스프레이를 뿌렸다. 일단은 출입문 문고리에 아무렇게나. 놀란 서윤이 목에 핏대를 세웠다.

"야, 뭐 하는 거야?"

그제야 도준이 스프레이 뿌리는 걸 멈추라고 소리쳤다. 하람은 허둥지둥하다가 스프레이 통을 떨어뜨렸다. 어두운 하늘에 시끄러운 금속 소음이 울려 퍼졌다. 데구루루 굴러가던 스프레이 통이 서윤의 발끝에서 멈췄다. 지독한 정적이 주변을 맴돌았다.

문고리를 바라보던 서윤의 눈가에 난처한 기색이 떠올랐다.

"안에 사람이 있을지도 모르는데…."

서윤은 마치 준비해 오기라도 한 듯 가방에서 두루마리 휴지를 꺼내더니 둘둘 말아 손잡이를 닦으려 했다. 바로 그때였다.

"꺄악!"

서윤이 외마디 비명을 지르며 주저앉았다. 도준이 화들짝 놀라 달려갔다.

"왜 그래, 서윤아?"

서윤이 손을 부여잡고 신음을 흘렸다.

"으으… 손이 너무 뜨거워."

도준이 고개를 홱 돌려 하람을 쏘아봤다.

"오하람! 너 서윤이한테 무슨 짓을 한 거야!"

"나? 나 아무 짓도 안 했는데…!"

하람이 울먹이며 변명했지만, 도준은 보이는 게 없는지 다짜고짜 하람의 멱살을 쥐었다. 서윤이 진절머리를 내며 소리쳤다.

"그만…! 그만 좀 해!"

"서윤아, 나는 그냥…!"

도준은 뭔가 변명을 하려다가 입을 다물었다. 서윤의 고통 앞에서 안하무인 황도준도 고개를 숙였다. 이를 악물고 끙끙대던 서윤은 조금씩 편안한 표정을 되찾았다. 손을 쥐었다 폈다 하는 걸로 보아 고통이 많이 사라진 듯했다. 잠시 후, 서윤이 한시름 돌렸다는 듯 한숨을 내쉬었다.

"너무 뜨거워서 불에 덴 줄 알았어. 뭐지? 지금은 멀쩡한데."

서윤은 고개를 갸우뚱하며 손을 펼쳐 보였다. 정말로 다친 흔적이라고는 찾아볼 수 없었다. 다른 아이들도 의아하다는 표정이었다. 도준은 혹시 모르니 병원에 가 보자고 했다. 서윤은 괜찮다고 하면서도 걱정이 되는지 도준을 따라나섰다.

나중에 들은 바로는 다행히 서윤의 손에는 별문제가 없었다고 했다. 두 사람이 병원에 간 사이, 아틀리에 습격도 완료했다. 하람은 낙서한 사진을 찍어 도준에게 문자를 보냈다. 도준은 그다지 만족스러워하진 않았지만, 이것으로 아틀리에 습격은 마무리된 것 같았다.


도준은 그 일을 들먹이며 하람 덕분에 통쾌했다고 말했다.

"스릴 쩔었지. 웬만한 게임보다도 재밌었어. 그치?"

도준의 갑작스러운 태도 변화에 기쁘기는커녕 오히려 불안해졌다. 사람이 안 하던 짓을 하면 죽을 때라던데, 혈색 좋은 것으로 보아 그쪽은 아닌 듯했다. 도준은 학교생활이 따분하다며 활력소가 필요하다고 했다.

"한 번 더 '리얼 게임'을 해 보는 거야. 어때?"

또 무슨 꿍꿍이를 꾸미는 걸까? 애들이 어떤 게임이냐고 물었다. 도준이 기대하라는 듯 입꼬리를 올렸다.

"다음 퀘스트는 말이지."

도준이 하람의 어깨에 팔을 둘렀다. 역한 담배 냄새가 훅 끼쳐 하람은 숨을 참았다. 도준이 입을 열었다.

"'가가의 던전'을 터는 거야. 이번에도 하람이 네가 주도해 봐. 진짜 재밌을 거야."

"어디라고?"

하람은 잘못 들은 줄 알았다. 등 뒤로 식은땀이 흘렀다. 도준은 친절하게도 한 자 한 자 또박또박 다시 말해 주었다.

"가가의 던전 말이야. 어딘지 몰라?"

알다마다. 모를 리가 있나. 하람은 몸속의 피가 모조리 빠져나가는 것 같았다.

*

하람의 아빠는 중학교 때까지만 해도 축구 선수를 꿈꿨다. 그러던 어느 날, 자신이 다른 애들에 비해 재능이 없다는 걸 깨닫고는 과감히 진로를 바꾸었다. 열심히 공부해서 번듯한 직장을 얻으려 했지만, 안타깝게도 공부 또한 소질이 없었다. 이에 아빠는 다른 일을 찾아 보기로 했다.

이삿짐 센터에서 일을 했고, 건설 현장에서 인부로도 일했다. 이런저런 일을 전전하던 아빠는 택배 배달 일을 하다가 만난 옷가게 아가씨와 사랑에 빠졌는데, 그게 하람의 엄마였다.

성실을 무기로 삼았던 아빠는 사랑하는 아내와 토끼 같은 아들을 위해 차곡차곡 돈을 모았고, 마침내는 자기 가게를 꾸릴 수 있었다. 하람 세탁소.

하람은 세상 물정을 어느 정도 알게 된 후부터는 세탁소에 자기 이름이 들어가는 게 소름 돋게 싫었다. 그래서 제발 간판 좀 바꿔 달라고 하소연을 했으나, 아빠는 해맑게 웃기만 했다.

그런 아빠가 언제부터인가 어린아이가 되어 버렸다. 아빠는 오토바이를 타고 세탁물 배달을 하던 중 트럭과 사고가 났다. 뇌를 다쳐 혼수상태로 몇 달을 누워 있었는데, 기적적으로 생환했다. 그러나 새롭게 태어난 아빠는 이전에 알던 아빠가 아니었다. 하람이 열 살 때 벌어진 일이었다.

다행인지 불행인지, 아빠의 일 버릇은 몸에 배어 있었다. 세탁기를 돌릴 줄 알았고, 다림질을 잘했으며, 포장까지 마쳐 사람들에게 배달도 할 수 있었다.

"아이고, 어쩌누. 세탁하는 바보가 되어 버렸네."

가게를 오며 가며, 어른들이 아빠 뒤에서 그렇게 수군거렸다. 그래도 사람이 속일 줄 모르고, 다림질 하나만큼은 깔끔하다며 옷을 맡겼다. 그래 봤자 용돈 벌이 수준이었다. 제값을 받으면 바보가 하는 세탁소라 믿을 수 없다는 둥 핑계를 대며 세탁물을 안 맡기니 반의 반값만 받을 수밖에.

엄마는 아빠가 혼수상태에 있는 동안 생계를 위해 아파트 환경 미화 일을 시작했다.

"돈은 내가 벌어 올 테니 당신은 그냥 집에 있는 게 어떻겠어?"

엄마는 혹시나 또 사고가 날까 봐 아빠를 설득했다. 그러나 아빠 고집은 보통을 넘어섰다. 안 그러던 아빠였는데, 사고 후에는 한번 고집을 부렸다 하면 아무도 꺾지 못했다. 아빠는 새벽이면 세탁물을 걷어 오고, 점심 먹기 전까지 세탁기를 돌렸으며, 오후에는 오토바이를 타고 배달을 나갔다. 엄마는 그런 아빠를 위해 안전모를 아주 크고 튼튼한 놈으로 사 주었고, 아빠는 그것을 열심히 쓰고 다녔다. 엄마는 체념하듯 말했다.

"그래, 뭐. 세탁소라도 하면서 즐겁게 살면 됐지."

그즈음 아이들 사이에서 재미있는 놀이가 유행했다. '가가'라 불리는 이상한 아저씨가 있는데, 그 아저씨를 놀리고 도망가는 놀이였다.

아저씨가 '가가'라 불리는 이유는 특별할 게 없었다.

'아저씨 바보지요?' 하고 놀리면 아저씨가 화가 나서 '가! 가!' 한다는 게 이유였다.

몇몇 애들 입에서 시작된 소문은 점차 퍼지기 시작했고, 급기야 한울초 3학년 1반 하람의 반에까지 전해졌다. 아이들은 '가가' 아저씨가 있는 곳을 '가가의 던전'이라 부르고 있었다.

방과 후, 하람은 아이들과 어울려 가가의 던전으로 향했다. 하람은 괜히 기대가 됐다. 대체 얼마나 바보 같기에 애들한테 놀림을 당하는 걸까? 그럼 안 되는 거 알지만, 다 큰 어른을 놀릴 수 있다는 것이 신기했고 왠지 자신이 세 보일 수 있을 것 같았다.

다른 애들보다 더 큰 목소리로 놀릴 생각을 하며 도착한 곳에서 하람은 애들에게 놀림받고 있는 아빠를 마주하게 됐다. 아빠가 애들을 향해 소리쳤다.

"가! 저리 가!"

할 줄 아는 말은 그게 다였다. 아이들은 아빠의 행동이 우습다고 깔깔거리며 웃었다. 하나도 안 무서운 바보라면서 돌을 던지기도 했다.

'아빠가 왜 저기 있는 거야?'

도무지 그 자리에 있을 수 없어 서둘러 자리를 벗어났다. 나중에 친구들이 왜 도망쳤냐고 물었다. 바보가 뭐가 무섭냐며 넌 겁쟁이라고 했다.

"야, 근데 '가가 세탁소'가 아니라 왜 '하람 세탁소'지? 하람아, 네 이름이랑 똑같아."

그 아이의 웃는 얼굴을 도무지 두고 볼 수 없었다. 하람은 녀석의 코에 주먹을 날렸고, 코피가 터진 아이는 곧장 선생님에게 일러바쳤다. 다음 날, 하람의 엄마는 학교에 불려 갔다. 학교폭력위원회가 열렸고, 하람은 그 애에게 신심 어린 사과 편지를 써야 했다.

아마 그때부터였을 것이다. 하람의 허언증이 시작된 게. 그리고 세탁소에 자기 이름이 들어간 걸 못 견디게 된 게.

오하람: 일진의 조건

시간이 꽤나 흘렀음에도 아이들은 가가의 던전을 잊지 않고 있었다. 도준은 오랜만에 가가의 던전을 제대로 털어 보자고 했다. 아이들이 여러 의견을 냈다. 그중에는 유리창을 박살 내거나 세탁물을 훔쳐 오자는 의견도 있었다. 하람은 아득한 정신을 붙잡고 물었다.

"근데… 갑자기 왜 가가를 괴롭히는 거야?"

"왜긴. 재밌잖아."

도준의 눈빛이 번득였다. 악마 같은 새끼.

문제는 그 선두에 하람이 세워졌다는 거였다. 하람은 싫다고 했지만, 도준은 오히려 왜 싫으냐고 반문했다.

"아무리 그래도… 어른이잖아."

도준이 코웃음을 쳤다.

"웃기고 있네. 쫄았냐? 병신. 그러니까 넌 안 되는 거야."

도준이 하람의 어깨를 툭 쳤다.

"그냥 해. 어?"

입술을 앙다물고 있던 하람은 그저 고개를 끄덕일 수밖에 없었다.

그날 밤, 하람은 도무지 잠이 오지 않았다. 분하고 억울해서 울컥 눈물이 나왔다. 싫은 소리 한 번 못 하는 자신이 죽기만큼 싫었다. 하람은 이불을 뒤집어쓰고 소리를 질렀다. 황도준을 저주한다고, 죽어 버리라고!

문득 황도준 그 자식을 정말로 엿 먹이고 싶어졌다. 하람은 이불을 박차고 앉아 휴대폰을 꺼내 들었다.

'일진하고 싸워서 이기는 법.'

'일진의 괴롭힘으로부터 벗어나는 법.'

인터넷 고민 상담 카페에 가입하여 글도 남겼다. 댓글이 우수수 달렸지만 딱히 마음에 드는 조언은 없었다. 대부분 선생님에게 말씀드리거나 경찰에 신고하라는 것이었다. 힘내라는 말을 덧붙이기도 했는데, 힘이 안 나는 걸 어떡하란 말인가.

그러다 인터넷으로 이런저런 검색을 하던 도중, 익숙한 이름을 발견했다.

'어서 오세요! 으스스하고 신비로운 일들이 가득한 마녀 아틀리에입니다.'

하람은 눈을 크게 떴다. 설마 내가 아는 그 아틀리에? 블로그를 좀 더 자세히 살펴보았다. 몇 가지 제품 홍보물이 사진과 함께 업로드되어 있었다. 개중에는 소원을 들어주는 양초나 은혜를 갚는 목걸이, 사랑하는 사람의 눈에 들게 하는 안경 따위도 있었는데, 주인장이 직접 만든 수제 제품이라는 설명이 덧붙어 있었다. 한마디로 마녀의 마법 아이템이라는 소리였다.

"미친. 이런 게 팔리나?"

하람은 혀를 내두르면서도 계속해서 블로그를 구경했다. 그

중 어떤 아이템에서 하람의 손이 멈추었다.

---

【복수의 티셔츠】

– 복수를 원한다면 선물하세요. 마녀 주인장이 추천하고, 많은 사용자
들이 효과를 보증합니다. 헤라클레스를 죽음으로 몰아간 켄타우로
스 '네소스'의 피로 초벌 세탁하였습니다. 착용자를 천천히 옥죄어
마침내는 고통스럽게 파멸시킬 복수의 티셔츠!

※ '복수의 칼날'로 재단하여 착용감을 대폭 향상시켰습니다.

※ 사이즈 : XXS, XS, S, M, L, XL, XXL

※ 판매 금액 : 45,000원(첫 구매 쿠폰 사용 시 20% 할인가 36,000원!)

마녀 주인장 추천 별점 : ★★★★★

구매자 별점 : ★★★★☆

지금 당장 구매하세요!

추신 : 감옥에 갇혀 있지 마세요. 복수를 완성하고 해방되세요!

---

제품 소개도 소개지만, 하람이 놀랄 수밖에 없었던 건 티셔츠
디자인 때문이었다. 도준이 사 달라던 명품 티셔츠와 똑같은 디
자인이었다. 하람은 도준이 보내 준 이미지와 블로그의 사진을
비교해 보았다. 확대해서 꼼꼼히 두 번 세 번 봤는데도 의심의
여지가 없었다.

"진짜 똑같네."

하람은 휴대폰 화면의 블로그 사진을 뚫어져라 바라보았다. 삥 치는 건가? 명품 이미지를 올려 놓고 손님을 낚는 건 아닐까? 직접 가 보면 사진의 제품은 온데간데없고 가짜 티가 좔좔 나는 허접한 짝퉁 티셔츠가 걸려 있을지 모를 일이다. 게다가 말도 안 되는 제품 소개는 또 뭔가. 뭐? 복수의 티셔츠? 켄타우로스? 기가 차서 헛웃음만 나왔다. 하람은 곧바로 뒤로 가기를 누르…지 못했다.

'만에 하나 정말이면 어떡하지?'

어떡하긴. 최고의 복수를 꿈꿀 수 있었다. 가격도 얼마나 매력적인가. 저 정도는 어떻게든 마련해 볼 수 있을 것이다. 도준에게 선물하면 녀석이 감쪽같이 속겠지? 겉으로 봐서는 티셔츠가 가짜인지 진짜인지 구분이 안 갔다.

복수의 티셔츠를 선물하고 제품 설명대로 복수를 완성하는 거다. 해방되는 거다. 도준이라는 감옥을 고통스럽게 파멸시키고 말이다.

말도 안 되는 거짓말이고, 물건 팔아먹으려는 속셈일지도 몰랐다. 그런데도 하람은 기대를 걸어 보고 싶었다. 절박한 사람들이 왜 사기꾼에게 넘어가는지 알 것 같으면서도 하람은 간절해졌다. 썩은 동아줄일지라도 일단은 잡고 싶어졌다. 상세 설명을 뚫어져라 읽고 있던 하람은 침을 꿀꺽 삼켰다.

이러나저러나 피할 방법은 없었다. 도준이 시키는 대로 아빠의 세탁소를 털든가, 그게 싫으면 녀석의 무리에서 나와야 한다. 도준이 그냥 보내 주진 않을 거다. 남은 중학교 생활이 감옥보다 더한 지옥이 될 것이다. 정글의 벌레 같은 삶을 살아야 할지도 모른다.

그런데 밟힐 거면 꿈틀대기라도 해 봐야 하는 것 아닌가?

그러기 위해선 돈이 필요했다. 하람은 지갑을 뒤졌다. 역시나 땡전 한 푼 없었다. 회비로 이래저래 뜯기다 보니 용돈은 남아날 날이 없었다. 엄마에게 달라고 하면 줄까? 엄마는 지갑에서 돈이 사라진 뒤로부터는 의심이 늘었다. 아마 이미 준 용돈은 어디에 쓰고 돈이 없는 거냐며 꼬치꼬치 캐물을 것이다. 다른 방법이 없는지 곰곰이 생각하던 하람은 결국 돈 나올 구멍은 하나밖에 없다는 결론에 이르렀다.

아빠의 돼지 저금통.

아빠는 세탁비를 현금으로 받으면 지폐는 다 엄마를 주고 동전은 저금통에 모았다. 가끔 엄마가 잔돈 필요하다고 잠깐 쓰자고 해도 아빠는 안 된다며 저금통을 소중히 껴안았다.

아빠는 사고가 나기 전에도 꼬박꼬박 저금을 했다. 가난한 우리가 부자로 잘 살려면 저축밖에 없다던 아빠. 아빠는 그때 하람에게도 작은 돼지 저금통을 선물했다. 동전을 잘 먹여 살찌우면 꽉 찬 저금통 하나를 더 얹어 주겠다면서 말이다. 아빠는 종종 숫자가 촘촘히 찍힌 통장도 보여 주었는데, 자릿수를 셀 줄 알았던 하람은 그게 그리 큰돈이 아니란 걸 알아챘다. 그마저도 아빠의 사고 이후, 생활비와 치료비 등으로 이리저리 사라졌지만.

하람은 마른침을 삼키고 돼지 저금통 앞으로 다가갔다. 손에 들어 보니 꽤 묵직했다. 이놈 배를 가르면 원하는 걸 손에 넣을 수 있었다. 복수의 제물로 이놈의 피를 바치는 거다.

문득 아빠의 해맑은 얼굴이 스쳐 지나갔다. 돼지 저금통을 품에 안은 아빠는 세상 그 누구보다도 행복한 표정을 짓곤 했다. 하람은 자신이 아빠의 행복을 빼앗는 게 아닌가, 마음이 무거워졌다. 아프기 전의 아빠가 하람을 위해 얼마나 애썼는지 잘 알고 있었다.

사고가 나기 전, 아빠에게는 언제나 하람이 1순위였다. 아빠는 하람에게 엄마 몰래 간식을 사 주었고, 주말이면 어떻게든 짬을 내서 함께 자전거를 타고 공차기를 하고 놀이공원에 갔다.

그런 아빠가 멍한 얼굴로 나타났다. 공도 못 차고, 자전거도 못 타고, 오직 세탁만 할 줄 아는 얼굴로…. 아빠는 하람에게도 더 이상 웃어 주지 않았다. 그저 초점 없는 눈빛으로 멀뚱히 바라보기만 했다.

하람은 고개를 세차게 저었다. 미안해하고 있을 시간이 없었다. 이를 악물고 주방에서 칼을 가져왔다. 돼지 저금통의 배에 칼집을 냈다. 동전이 와르르 쏟아졌다. 텅 빈 저금통은 돌을 가져와 채워 넣었다. 어차피 무게만 맞으면 아빠는 돌이 들었는지 돈이 들었는지 알지 못할 것이다. 투명 테이프로 가른 곳을 막은 뒤, 원래 있던 자리에 올려놓았다. 손이 떨렸지만, 주먹을 꽉 쥐었다.

'따지고 보면 이 모든 게 아빠 때문이잖아. 아빠만 멀쩡했어도 내가 이 고생 안 한다고. 애들한테 구라 칠 일도 없었을 거고, 허언증이라고 놀림받을 일도 없었을 거야. 황도준 그 새끼한테 당한 것도 다 아빠 때문이야. 그러니 이 정도는 아빠가 책임져야 해.'

그렇게 아빠 탓을 하며 바닥에 떨어진 동전을 주웠다. 한참을 줍고 있는데, 뜨거운 눈물이 손등 위로 툭 떨어졌다. 하람은 동전 줍던 걸 멈추었다.

"오하람, 찐따 새끼…."

하람은 자기 머리를 쥐어박았다. 아프지 않았다. 더 세게 쥐어박았다. 그래도 아프지 않았다. 쥐어박고 또 쥐어박았다. 이 정도 벌쯤은 달게 받아야 한다.

하람은 손등으로 눈가를 닦았다. 그러곤 이를 악물며 동전을 다시 주워 담기 시작했다.

*

하람은 아틀리에 앞에서 오랜지색 간판을 올려다봤다. 낙서를 하러 왔을 때와는 사뭇 다른 느낌이었다. 가슴이 조금 두근거렸다.

'내가 낙서했단 걸 할머니가 알고 있으면 어쩌지?'

그래서 티셔츠를 팔지 않겠다고 하면 어쩌나 싶었다. 우습게도 하람은 어느새 복수 어쩌고 하는 글을 믿고 있었다.

손에 땀이 흥건했다. 바지에 대충 문질러 닦은 뒤, 습격의 흔적이 남아 있는 문고리를 잡아당겼다.

"어서 오세요!"

뜻밖에도 안에서 앳된 목소리가 날아왔다. 목소리의 주인을 알아본 하람은 깜짝 놀랐다. 그 사람 또한 놀랐는지 입을 다물지 못했다.

'마녀 할머니가 아니잖아?'

계산대에서 하람을 맞이한 사람은, 옆 반 강은서였다.

"네, 네가 왜 여기 있어?"

하람이 당황한 만큼 은서도 당황한 것 같았다.

"어? 나?"

은서는 얼굴이 빨개져서는 다음 말을 잇지 못했다.

어색한 침묵이 흘렀다. 하람은 오만 생각이 다 들었다. 은서가 이곳에 있는 것도 의아하지만, 자신이 아틀리에에 찾아온 것 또한 의심받을 만했다. 특히나 지금처럼 민감한 시기에는 더욱 그렇다. 범인은 범행 장소에 꼭 다시 들른다는 말이 있지 않나. 은서는 하람이 자수하러 온 거라고 오해할지도 모른다. 그렇다고 아무 일 아닌 듯 발길을 돌리자니, 그 또한 수상했다. 만약 도준의 귀에라도 들어가면? 거기 뭐 하러 갔냐고, 혹시 일러바치러 갔냐고 이를 갈 텐데. 생각하기도 싫었다.

이러지도 저러지도 못하고 있는데, 은서가 먼저 입을 열었다.

"들어와서 구경해."

"미쳤냐? 내가 왜 구경을 해?"

하람은 자기도 모르게 목소리를 높이고 말았다.

"필요한 게 있는 거 아니야?"

"아니거든!"

또다시 정적이 흘렀다. 뭐라고 둘러대야 할까? 엄마 심부름 핑계를 댈까, 잘못 들어왔다고 말할까. 어떻게 말하면 자연스러울까? 아무리 생각해도 좋은 대답이 떠오르지 않았다. 이럴 때는 다른 말로 물고 늘어지는 게 상책이다.

"넌 여기서 뭐 하고 있냐니까?"

하람의 말에 은서가 꽤 당황하며 걸치고 있던 앞치마를 꼭 쥐었다.

"그러니까 이건 마녀 수업이 아니라… 용돈이 좀 필요해서… 할머니가 일을 도와주면 월급을 주신다고 해서… 일종의 아르바이트라고 할 수 있는….'

은서가 말을 못 맺고 자꾸만 횡설수설했다. 하람이 은서의 말을 딱 끊고 물었다.

"마녀 수업? 너 여기서 마녀 수업 받아? 왜?"

은서가 얼굴이 창백해져서 양손을 마구 내저었다.

"아, 아니야, 그런 거! 절대 아니야!"

"아니긴. 맞구먼."

"진짜 아닌데…!"

은서는 절망한 듯 고개를 떨구었다. 정작 어이가 없는 사람은 하람이었다. 마녀 수업이라고? 기가 차는군. 하긴 복수의 티셔츠니 뭐니 할 때부터 알아봤어야 한다. 이곳은 강은서 같은 애가 마녀 수업이나 받는 곳이었다. 갑자기 맥이 탁 풀렸다.

'나 뭐 하러 여기 온 거야?'

돼지 저금통 배를 연 게 무척이나 후회되는 순간이었다. 하람은 기운이 빠져 입맛을 다셨다. 마침 좋은 핑곗거리도 생각났다.

"할머니한테 낙서 우리가 한 거 아니라고 전해 줘. 우리 학교 찾아왔었다며. 너도 그렇게 알고. 그 말 하려고 온 거야."

그리고 걸음을 돌리려 할 때였다. 하람은 가게 안쪽에 진열된 옷걸이에서 눈길이 멈추었다.

'복수의 티셔츠?'

분명 그 티셔츠였다. 하람은 뭐에 홀린 듯 그 앞으로 다가갔다. 손을 뻗어 티셔츠를 만지려는데, 은서가 황급히 다가와 팔을 잡았다.

"이건 왜?"

경계하는 듯한 눈초리였다. 하람은 퍼뜩 정신을 차리고 침을 꿀꺽 삼켰다.

"저기… 이거 찐이야?"

"찐?"

"아이, 진짜 명품이냐고."

은서가 고개를 갸우뚱했다.

"글쎄. 그런 건 잘 모르겠는데."

애매한 대답에 하람은 답답해져서 은서의 손을 뿌리치고 옷을 만져 보았다. 재질이 상당히 좋은 게 진품이라고 해도 믿을 것 같았다. 그때, 은서가 화들짝 놀라며 소리쳤다.

"조심해! 함부로 만지면 안 돼."

하람이 코웃음을 흘렸다.

"왜? 복수의 티셔츠라서?"

은서의 눈이 휘둥그레졌다.

"할머니 블로그에서 봤어."

"아, 그거… 내가 올린 거야."

은서는 인터넷 홍보를 맡고 있다고 했다. 마녀 수업을 받는다더니, 은서는 여기서 아르바이트를 하고 있었다. 하람은 눈살을 찌푸렸다.

"그럼 복수를 완성하고 감옥에서 해방되라는 말도 네가 올린 거야?"

은서가 눈치를 보며 고개를 끄덕이자 하람은 이 모든 게 가짜임을 확인받은 것 같아 기운이 빠졌다. 그나저나 강은서는 정말 뭘 하는 걸까? 아르바이트를 가장한 마녀 수업을 받질 않나, 복수 어쩌고저쩌고 티셔츠를 팔지 않나. 무슨 상관인가. 모든 게 가짜인 이상, 더는 가게에 볼일이 없었다. 하람은 마지막으로 티셔츠를 꺼내 이리저리 돌려보며 아쉬운 입맛을 다셨다.

"진짜 똑같긴 똑같네."

은서가 호들갑을 떨었다.

"그, 그만해! 큰일 나!"

"큰일 나긴. 야, 근데 너 이거 어디서 구해 왔냐? 진짜랑 너무 똑같아서 아무도 구별 못 하겠다."

그런데 은서의 대답이 조금 이상했다.

"할머니가 직접 만드셨어."

"뭐?"

듣고도 믿기지가 않았다. 그러나 은서는 할머니가 만드는 걸 두 눈으로 똑똑히 봤다고 했다. 만약 그 말이 사실이라면, 할머니의 능력은 엄청났다. 명품 티셔츠를 똑같이 따라 만들 수 있다니. 그러는 동안에도 은서는 안절부절못했다. 제발 티셔츠를 내려놓으면 안 되겠냐고 사정사정했는데, 하람은 슬그머니 궁금해지기 시작했다.

"너… 정말로 이 티셔츠가 복수해 준다고 생각해?"

"그럼, 당연하지. 할머니는….”

은서가 말을 하다 말고 입을 꾹 다물었다. 자기가 생각해도 말 같지 않은 소리였나 보다. 마법, 복수, 능력자 할머니, 마녀 수업… 엉뚱해도 너무 엉뚱했다. 그런데 참 이상하게도 하람은 그 모든 걸 믿고 싶어졌다. 이 또한 아틀리에의 저주일까?

'이 옷을 복수하고 싶은 사람에게 선물하면, 복수가 완성된다는 말이지?'

돼지 저금통 배를 가를 때의 간절함이 슬그머니 고개를 쳐들었다. 하람은 바짝 마른 입술을 핥고는 입을 열었다.

"나 이거 살게.”

은서는 귀를 의심하는 표정이었다.

"이걸 산다고? 왜?”

"왜긴. 찐이랑 똑같은데 이 가격이면 꿀이지. 아무도 짭인지 모를 거야.”

"안 돼! 이건 정말로 착용자에게 저주를….”

"내가 산다는데 뭔 말이 많아. 빨리 계산이나 해. 안 그럼 도준이한테 다 일러바칠까? 너 여기서 일한다고?”

그 말이 효과가 있었던 걸까. 은서는 마지못해 포장을 시작하면서도 절대 입어선 안 된다는 말을 반복했다. 하람은 잔소리 같은 그 말이 듣기 싫으면서도, 한편으로는 자기를 걱정해 주는 건가 싶어 마음이 누그러졌다. 옷을 건네주며 은서가 제발 입지 말라고 당부 또 당부를 하자, 하람도 은서를 조금은 안심시켜 주고 싶어졌다.

"내가 입으려는 거 아니니까 걱정 마."

가게를 나서려는데 마침 할머니가 돌아왔다.

"오랜만에 손님이 오셨군요! 좋은 물건 건져 가시나요?"

하람은 슬쩍 고개만 숙이고 눈길을 피했다. 볼일을 봤으니 할머니와 굳이 말을 섞을 필요는 없었다. 그런데도 할머니는 혼잣말처럼 계속 중얼거렸다.

"우리 마녀 아틀리에에서는 원하는 모든 걸 이룰 수 있어요. 간절하기만 하다면요. 손님 또한 간절히 원하는 게 있지요? 손에 든 그 제품이 손님의 소원을 이루어 드리길 바랍니다."

'뭐래….'

하람은 서둘러 가게를 나왔다. 할머니가 따라 나오며 조심히 들어가라고 배웅했다. 발길을 빨리해 한참을 멀어지고 나서야 가게를 돌아봤다. 가게 밖에서 할머니와 은서가 이야기를 나누고 있었다.

그때, 할머니가 이쪽을 바라봤다. 하람은 할머니와 눈이 마주치는 바람에 화들짝 놀라 고개를 돌렸다. 멀리서 보는데도 할머니 눈빛은 불꽃처럼 강렬했다. 마치 모든 걸 꿰뚫어 보는 듯이.

*

그날 저녁, 하람은 특별히 포장지까지 사서 티셔츠를 포장했다. 그리고 두 손을 모아 하늘에 기도를 올렸다

'제발 이 복수가 무사히 이뤄지길 바라옵니다, 아멘.'

하람은 정성껏 포장한 티셔츠를 가방에 고이 모신 뒤 잠자리에 들었다.

다음 날, 새벽같이 눈을 뜬 하람은 서둘러 등교 준비를 마쳤다. 아침도 먹지 않고 현관을 나서자 이제 잠에서 깬 엄마가 꽉 잠긴 목소리로 물었다.

"벌써 나가?"

"아침 봉사 있어. 우리 동네 플로깅."

거짓말이 술술 나왔다. 엄마가 아침은 먹고 가라며 붙잡으려는 찰나, 아빠가 윗도리를 입으며 낑낑댔다. 엄마가 아빠 옷 입는 걸 도와줬다. 겨우 목을 낀 아빠가 입을 삐죽 내밀었다.

"옷이, 너무, 껴."

"그러니까 살을 좀 빼래도."

아빠가 두툼한 자기 배를 두드렸다.

"배, 많이, 나왔다. 돼지도 배 많이 나왔다."

아빠가 돼지 저금통을 향해 고개를 돌리며 헤벌쭉 웃었다. 하람은 못 본 척하며 서둘러 집을 나왔다. 등에 멘 가방이 도시락 폭탄이라도 실은 듯 묵직했다.

거사는 방과 후에 진행할 계획이었다.

온종일 무슨 생각으로 지냈는지 몰랐다. 수업이 끝나고 교실을 나서자, 여느 때처럼 도준 무리 아이들이 운동장 축구 골대 근처에 모여 있는 게 보였다. 손에서 진땀이 났다.

'할 수 있어, 오하람.'

스스로를 다독인 뒤, 걸음을 옮겼다. 활짝 웃으며 다가가자 도준이 일그러진 얼굴로 하람을 맞았다.

"뭘 실실 쪼개? 용돈이라도 받았냐?"

"용돈은 아닌데, 좋은 일이 있어서."

하람과 달리 도준은 그다지 좋은 일이 없어 보였다. 아까 쉬는 시간에 듣기로 도준이 미니 샘에게 엄청 잔소리를 들었다는 것 같았다. 하루 이틀 일도 아니고 새삼스럽지 않았다. 하람은 그런 도준 앞으로 포장된 옷을 내밀었다.

"뭐야?"

도준이 옷과 하람을 번갈아 보았다. 하람은 가슴이 미친 듯이 뛰었지만 최대한 내색하지 않았다.

"뜯어 보면 알 거야."

도준은 그다지 반갑지 않다는 표정이었다. 용돈이 워낙 많다 보니 이깟 선물에는 감동하지 않는 건가? 그러면서도 선물을 요구하다니. 나쁜 새끼. 하람은 속으로는 욕을 하면서도 겉으로는 생글생글 웃었다.

도준은 심드렁한 얼굴로 포장지를 뜯었다. 포장할 때는 한참 걸렸는데, 뜯을 때는 채 10초도 걸리지 않았다. 마침내 내용물을 확인한 도준의 눈이 조금 커졌다.

"어? 이거 샀어?"

"응. 내가 사 준다고 약속했잖아."

하람이 기세 좋게 말하자 도준의 입가에 알 수 없는 미소가 걸렸다. 하람은 침을 꿀꺽 삼키고 물었다.

"어때? 마음에 들어?"

"뭐…. 근데 포장지가 이게 뭐냐? 브랜드 포장지가 아니네?"

하람은 마음에 안 든다는 듯 손에 든 포장지를 땅에 버렸다. 하람은 자신의 자존심 또한 땅에 버려지는 기분이었다.

"그래도 내용물은 명품이니까…. 하, 한번 입어 봐."

도준은 티셔츠를 펼쳐 이리저리 돌려보더니 자기 몸에 대고 잘 어울리냐며 묻기도 했다. 다들 딱 네 옷이라며 추켜세웠다. 하람은 그 모습을 숨죽이고 지켜봤다.

'입기만 해라. 넌 이제 끝장이다.'

하람은 불현듯 이딴 말도 안 되는 기적을 바라는 자신이 우스웠다. 저주라니, 마법이라니. 그러나 이젠 상관없다. 짝퉁 티셔츠로 녀석을 속이는 것만으로도 속이 후련했다. 하지만 그것도 잠시, 난데없이 날아온 말에 하람은 몸이 굳었다.

"이거 짝이네."

하람의 눈동자가 심하게 흔들렸다. 어떻게 알았지? 아무리 봐도 진짜와 똑같았다. 눈썰미가 아무리 좋아도 찾아낼 수 없는 디테일이었다. 그런데 도준은 너무나도 당연하다는 듯 짭이라고 했다. 하람은 일단은 부인해 보았다.

"아, 아니야! 내가 직접 매장 가서 사 온 건데…!"

도준이 눈을 가늘게 떴다.

"이 새끼, 허언증 쩌네. 아무리 그래도 나한테 구라 치면 안 되지. 이게 어딜 봐서 찐이냐?"

도준이 하람의 얼굴에 옷을 집어던졌다. 하람은 허겁지겁 옷을 확인했다. 그럴 리가 없었다. 그러나 하람은 곧 도준의 말이 진짜라는 걸 알 수 있었다.

전날 아틀리에에서 보았을 때와는 확연히 다른 품질이었다. 가운데의 여자 프린팅도 달랐다. 진짜 옷의 여자는 해골을 들고 있었는데 이 옷의 여자는 하트 모양을 들고 있었다. 브랜드 로고가 박혀 있어야 할 자리에도 뜬금없이 'Love & Peace'라는 문구가 새겨져 있었다. 누가 봐도 가짜 옷이었다. 얼굴이 벌게진 하람은 입을 다물었다.

도준이 긴 한숨을 내쉬었다.

"야, 오하람. 너 내가 만만하지."

"아니."

"근데 짝퉁을 가져와?"

오하람: 일진의 조건

"진짜인 줄 알았어. 거짓말 아니야."

"웃기고 있네."

도준이 피식 웃으며 가까이 다가왔다. 도준은 뒷걸음질 치는 하람의 멱살을 잡고는 눈앞으로 잡아당겼다. 도준이 하람의 귀에만 들리게 작게 말했다.

"한 번은 그냥 넘어간다. 대신 가가 던전 털 때는 잘하자. 응?"

도준은 갖다 버리라며 티셔츠를 바닥에 던지고 짓밟았다. 티셔츠 위 선명한 발자국이 하람의 심장을 마구 두드렸다.

그로부터 이틀 뒤 10시가 훌쩍 넘은 밤. 도준 무리 아이들이 하람 세탁소 근처 공터에 모였다. 도준이 아이들을 둘러보며 기분 나쁜 미소를 흘렸다.

"이번엔 서윤이도 없으니 제대로 해 보자고."

아이들은 다들 어디서 구해 왔는지 주먹만 한 돌을 하나씩 손에 들고 있었다.

"하람아, 넌 왜 무기가 없어."

도준이 킬킬거리며 커다랗고 단단한 돌을 건네주었다.

"특별히 준비한 전설 템이야. 네가 앞장설 건데 무기가 그 정도는 돼야지. 자그마치 가가의 던전이라고. 방심하지 마."

하람은 손에 쥔 돌을 내려다보았다. 무거워서 휘두르기 힘들어 보였다. 자기도 모르게 손이 부들부들 떨렸다. 하람은 입술을 깨물며 갈라진 목소리로 말했다.

"도준아, 그런데 혹시 누가 보기라도 하면….'

"누가 본다고?"

도준이 코웃음을 치며 주변을 가리켰다.

"아무도 없잖아. 그리고 좀 보면 어때? 아니라고 하면 그만이지. 우리 중에 누가 배신하지만 않으면 절대 안 들켜.'

도준은 자신만만하게 말하며 하람의 어깨를 두드렸다. 마치 배신하면 가만두지 않겠다는 듯 말이다. 하람은 힘없이 고개를 끄덕였다. 멀리 보이는 하람 세탁소 간판이 오늘따라 자신처럼 작고 초라해 보였다.

세상은 참 불공평하다는 생각이 들었다. 돈 많은 부모님이 있는 도준은 어떤 잘못을 해도 요리조리 잘만 빠져나가는데, 집도 가난하고 부모님도 별 볼 일 없는 하람은 되는 일이 하나도 없었다. 있는 돈 없는 돈 다 털어 복수의 티셔츠인지 뭔지를 샀는데, 사기나 당한 거라니. 당장 아틀리에에 달려가 환불을 요구하고 싶지만, 그럴 의욕마저도 사라졌다. 그래서 티셔츠를 쓰레기통에 아무렇게나 구겨 넣고 머릿속에서 지우려 했다. 그런데도 억울함과 분함은 도무지 풀리지가 않았다.

'이런 게 내 인생인가.'

하람은 눈물이 핑 돌았다. 겁쟁이 오하람. 어떻게든 살아남고 싶어서 도준에게 굽실대는 오하람. 아빠 세탁소 유리창에 돌을 던지겠다는데도 아무 말 못하는 오하람. 바보는 아빠가 아니라 하람 자신이었다.

만약 정말로 복수니 마녀니 그런 것들이 있다면, 한 번만이라도 좋으니 내 편이 되어 주었으면…. 하람이 눈가에 흐르는 눈물을 손등으로 훔칠 때였다. 도준이 피식 웃음을 흘리며 작게 중얼거리는 소리가 들렸다.

"찐따 새끼, 울기는. 자기 아빠 가게라고 말도 못 하면서."

순간 하람은 눈물이 쏙 들어가는 것 같았다. 도준이 알고 있다니. 하람 세탁소가, 가가의 던전이 실은 하람의 아빠 가게라는 걸 알고 있다니. 알면서도 선두에 서라고 돌을 쥐어 줬다는 게 믿기지 않았다. 머리가 핑 돌면서 쓰러질 것 같고 손에 힘도 들어가지 않았다. 하람이 쥐고 있던 돌이 툭 떨어졌다. 돌이 바닥에 구르자 도준의 볼이 실룩거렸다.

"뭐야? 빨리 주워."

"너… 알고 있었어?"

심장이 터질 듯 뛰었다. 그런데도 입술은 멈추질 않았다.

"알고 있는데도… 어째서…."

도준은 짜증난다는 듯 욕설을 뱉었다.

"그게 뭐. 뭐 어쩌라고. 네가 먼저 나 열받게 했잖아!"

"내가? 뭘…?"

도준은 마치 벌레라도 보는 듯한 눈으로 하람을 노려봤다.

"난 그냥 너 같은 애들이 싫어. 찌질하고 굽실대고, 잘 나가는 애들 옆에 붙으려는 찐따들. 바보 아빠에 찐따 아들이네."

틀린 말 하나 없는데, 그렇다고 대놓고 말하면 얼마나 숨이 막히는지 도준은 모를 것이다. 하람은 여기서 더 덤볐다간 뒷일을 감당하지 못할 거란 걸 알면서도 물러설 수가 없었다. 죽는 한이 있더라도 버티고 싶었다. 자기 자존심을 짓밟는 건 괜찮지만 부모님 욕을 하는 건 도무지 참을 수 없었다.

"우리 아빠 가게 건드리지 마."

하람의 목소리가 바들바들 떨렸다. 도준은 기가 찬다는 듯 헛웃음을 흘렸지만 얼마 못 가 표정이 험악하게 변해갔다.

"미친 새끼가 뭐래. 오냐오냐 해 줬더니."

도준이 고개를 까딱하자, 주변에 있던 아이들이 하람의 어깨를 툭툭 밀었다. 이렇게 깨지고 마는 걸까? 겁 없이 대든 대가가 도준의 주먹이라면, 오늘만큼은 두 눈 질끈 감고 당해 보자 싶었다. 아무리 자존심이 없어도, 아들이 아빠 가게 유리창을 깼다는 조롱은 당하고 싶지 않았다.

그때 익숙하고도 갑작스러운 목소리가 날아들었다.

"가! 가!"

하람은 눈과 귀를 의심했다.

"아, 아빠…!"

잔뜩 화가 나서 달려오는 사람은 분명 아빠였다. 아이들이 저 아저씨가 여길 어떻게 알고 찾아왔냐며 웅성거렸다. 도준이 날카롭게 소리쳤다.

"네가 일러바쳤냐?"

그러나 아이들이 당황하여 우왕좌왕하는 건 그리 오래가지 않았다. 달려오는 아빠 모습은 그리 위협적이지 못했다. 아니, 사고 때 다친 다리를 절뚝거리니 오히려 우스꽝스러웠다.

"달리기 개느려."

도준이 가소롭다는 듯 웃자 아이들도 웃음을 터트렸다. 그뿐 아니라 아빠의 옷차림도 웃음거리가 됐다. 아빠가 그 옷을 입고 있었다. 복수의 티셔츠 말이다. 도준이 아빠 옷을 가리키며 이죽거렸다.

"야, 오하람. 저거 뭐야? 갖다 버리라니까 네 아빠 줬냐? 거지새끼!"

어느새 가까이 다가온 아빠가 도준을 향해 씩씩거렸다.

"가! 돌아가!"

그러나 도준은 오히려 돌을 머리 위로 들며 아빠를 위협했다.

"가긴 어딜 가. 아저씨 잡으러 왔는데."

도준이 눈짓하자 아이들이 우르르 아빠를 에워쌌다. 아빠도 위협을 느꼈는지 눈동자가 이리저리 흔들렸다. 그렇게 대치가 이어지던 중, 도준이 목소리를 높였다.

"덮쳐!"

말이 떨어지기 무섭게 아이들이 욕설을 내뱉으며 달려들었다. 아무리 어른이라 해도 아빠는 몸이 성치 않다. 게다가 도준과 아이들은 체격이 건장한 편이다. 작정하고 팔과 몸통을 붙잡자 아빠는 몸부림을 치면서도 벗어나지 못했다. 아빠 팔을 붙잡고 있던 도준이 히죽거리며 하람에게 소리쳤다.

"야, 오하람! 너 오늘 운 좋은 줄 알아. 가가만 잡으면 넌 살려 줄게. 빨리 공격해!"

'아빠를 공격하라고?'

아무리 막 나가기로서니, 그럴 수는 없었다. 엄마 지갑을 뒤지고 아빠 저금통을 깼어도, 최소한의 양심은 살아 있었다. 아빠가 당하고 있는데, 아들에게 아빠를 공격하라고? 그게 할 소리인가? 속에서 무언가가 툭 끊어지는 듯했다.

"나쁜 새끼야! 으아아아!"

하람은 있는 힘껏 달려가 도준의 몸에 어깨를 들이받았다. 아빠 팔을 놓치고 뒤로 나동그라진 도준이 신음을 흘리며 몸을 일으켰다. 녀석이 이를 악물었다.

"네가 먼저 시작한 거다."

달려온 도준이 하람의 배를 걷어찼다. 그것을 시작으로 하람은 변변한 반격도 못 하고 일방적으로 당했다. 사방에서 들어오는 공격에 정신을 차릴 수가 없었다. 점점 눈앞이 희미해졌다. 차라리 정신을 잃고 영원히 깨지 않았으면 싶을 정도로 고통스러웠다.

"우워어어어!"

아빠가 소리를 지르며 괴력을 발휘했다. 잡고 있던 아이들이 나가떨어지자 아빠는 곧장 도준에게 달려들었다. 도준은 어어, 하더니 중심을 잃고 쓰러졌다.

"가! 저리 가!"

정신을 차린 아이들이 달려가 아빠를 걸어찼다. 아빠는 고꾸라졌으나 오뚝이처럼 일어났다. 그 사이, 도준이 침을 퉤 뱉으며 일어났다. 입술이 터졌는지 피가 고여 있었다. 도준은 욕설을 내뱉으며 근처에 떨어진 돌을 주워 들었다. 눈이 휘둥그레진 하람이 도준의 앞을 가로막고 섰다.

"뭐 하려고?"

도준이 눈을 번뜩였다.

"뭘 하든 말든 내 마음이야. 비켜!"

"안 비키는 것도 내 마음이야. 가! 당장 집으로 돌아가!"

도준이 코웃음을 쳤다.

"누가 가가 아들 아니랄까 봐."

도준은 순식간에 살기등등해져 돌을 들어 올렸다. 미처 피할 겨를도 없었다. 하람이 눈을 질끈 감는 순간, 퍽 하는 소리가 울려 퍼졌다. 이렇게 당하고 마는 건가.

그런데 아무런 고통이 느껴지지 않았다.

눈을 떴을 땐, 아빠가 땅에 고꾸라져 있었다. 도준은 분이 풀리지 않는지 부들거리고 있었다.

"도, 도준아! 너 미쳤어?"

낯빛이 하얗게 질린 성우가 서둘러 아빠의 상태를 확인했다. 그러곤 빨리 도망가자며 잡아끌었지만, 도준은 이거 놓으라고 발악했다. 아이들이 여럿 달라붙어 도준을 끌고 가다시피 하고 나서야 도준의 발악하는 목소리가 저 멀리 사라졌다.

"아, 아빠…! 어떡해!"

홀로 남겨진 하람은 서둘러 달려가 쓰러진 아빠를 흔들었지만 미동도 하지 않았다. 구급차를 부르려 해도, 도준에게 당하는 도중에 휴대폰을 떨어뜨린 건지 찾을 수 없었다. 하람이 할 수 있는 거라곤 그저 목 놓아 소리치는 게 다였다.

"도와주세요! 제발, 도와주세요!"

어디선가 고양이 울음소리가 들렸다. 고개를 들어 보니 털빛이 새까만 고양이었다. 눈동자에서 노란빛이 도는 녀석은 하람을 뚫어져라 바라보며 주변을 어슬렁거렸다. 그때, 저 멀리서 고양이를 부르는 소리가 들렸다.

"나비야, 어디 있어? 나비야!"

고양이 이름이 나비인가? 녀석이 날카롭게 울었다. 발걸음 소리가 이쪽으로 방향을 돌렸다. 곧 누군가가 쓰러진 아빠와 하람을 발견하고는 깜짝 놀라 달려왔다. 하람은 눈물로 눈앞이 흐렸지만, 다가오는 사람이 은서라는 걸 단번에 알 수 있었다.

"하람아!"

은서의 얼룩덜룩한 손이 하람의 어깨에 닿았다.

"괜찮아? 어떻게 된 거야?"

"은서야, 구급차 좀."

하람은 헐떡이며 도움을 요청하는 것 말고는 아무 말도 할 수 없었다. 은서가 119에 연락하는 소리가 들렸다. 하람은 그제 야 마음이 놓이면서 스르르 정신이 흐려졌다. 잠시 후, 희미하게 사이렌 소리가 들렸다. 앰뷸런스가 빠르게 달려왔고, 구급대원 들이 아빠를 들것에 실어 날랐다. 그러는 동안에도 하람은 아빠 를 꼭 끌어안고 있었다.

*

천만다행으로 아빠는 잠시 기절한 것뿐이었다. 돌을 머리에 맞은 줄 알았는데, 사실은 어깨 부위에 맞은 거였다. 당황한 도준 이 조준을 잘못한 것이다. 그런데도 아빠는 기절했다. 병원에서 는 어처구니없게도 옷이 너무 꽉 끼어서인 것 같다고 했다. 옷의 목 부분이 좁아서 두툼한 아빠 목살을 졸랐을 거란다.

아무리 그래도 옷 때문에 숨을 못 쉰다는 게 말이 되나? 의사 도 황당하다고 했지만, 처음 아빠를 발견한 구급대원은 정말로 옷이 목을 꽉 조르고 있었다고 했다. 마치 숨통을 막으려는 것처럼.

복수의 티셔츠가 엉뚱하게도 도준이 아닌 아빠를 죽이려 든 걸까? 아빠가 돌에 맞은 것도 티셔츠의 저주 때문일까? 자기 때문에 아빠가 잘못될지도 모른다는 생각에 하람은 등골이 서늘해졌다. 당장 티셔츠를 없애고 싶었다. 그런데 어찌 된 일인지 아빠는 티셔츠를 마음에 들어 했다. 구슬려도 보고 윽박질러 보기도 했지만 아빠는 티셔츠를 벗으려 하지 않았다.

"싫다! 입을 거다!"

결국 먼저 포기한 쪽은 하람이었다. 하람은 아빠의 똥고집에 넌더리가 난다며 혀를 내둘렀다.

"내가 쓰레기통에 버렸는데 어디서 난 거야?"

하람이 씩씩거리자 엄마가 피식 웃었다.

"잘 입는데 그냥 둬."

엄마는 아빠가 주야장천 같은 옷만 입는 게 못내 마음에 걸렸는데, 새 옷이 생겨서 좋다고 했다.

"아니, 엄마, 옷이 아빠 목을 졸랐다잖아."

"뭐 어때. 지금은 잘 맞잖아."

다행히도 며칠 지나자 목이 제법 늘어나 아빠 목에 잘 맞게 되었다. 좋아해야 하는 건지 싫어해야 하는 건지. 저주 운운해 봐야 아무도 안 믿을 것 같고. 그냥 둬도 되는 건가? 하람도 판단이

서지 않았다. 이럴 때는 물건 판 사람에게 묻는 게 최선일 거다. 상세 사용 설명서라도 요청하고 싶어졌다. 그리고 은서가 어떻게 그 자리에 있을 수 있었는지도 궁금했다. 우연이라고 하기에는 타이밍이 절묘했다.

하람은 휴대폰을 꺼내 들어 은서에게 문자를 보냈다.


다음 날, 하람은 학교를 하루 쉬었다. 도준이 어떻게 나올지도 모르고, 아빠 어깨가 조금 안 좋아서 세탁소 일을 돕기도 했다. 아빠는 하루 쉬라는 의사의 권유에도 '가! 집에 가!' 하며 강한 반감을 드러냈다.

수업이 마칠 즈음, 하람은 학교 근처의 공원으로 향했다. 은서는 벌써 약속 장소에 나와 있었다.

"나와 줘서 고마워."

하람의 말에 은서가 고개를 저었다.

"아니야. 아저씨는 괜찮아?"

"응. 많이 괜찮아졌어."

가볍게 인사를 주고받고 나자 조금 어색해졌다. 은서도 마찬가지인지 땅만 바라보고 있었다. 서로 알고는 있었지만 막상 말할 기회는 많지 않았다. 그러다 불미스럽다면 불미스러운 일로 얽혔다. 하람은 보이고 싶지 않은 꼴을 보였고, 은서는 저주니 마녀니 믿기지도 않는 말들을 했다. 아무도 관심 없을 말들을 나눈 사이에 못 할 말이 뭐가 있겠냐만, 막상 그날의 일을 끄집어내려 하자 입이 쉽게 떨어지지 않았다. 주저하던 하람은 어렵게 입을 열었다.

"그… 아빠가 티셔츠를 입었어."

은서 눈이 동그래졌다.

"티셔츠? 설마 복수의 티셔츠?"

"응….."

"어쩌다가?"

하람은 자초지종을 설명했다. 분명 쓰레기통에 버렸는데 아빠가 입고 있더라고. 티셔츠가 아빠 목을 졸라서 큰일 날 뻔했다고. 티셔츠를 버리고 싶은데 아빠가 너무 좋아해서 큰일이라는 말에 은서는 또 한 번 놀랐다. 그러다 은서가 뭔가 생각났다는 듯 조심스럽게 입을 열었다.

"할머니가 그런 말씀을 하신 적이 있어. 복수를 이기는 건 사랑이다."

"사랑? 그게 무슨 말이야?"

"나도 잘은 모르겠어. 그렇지만 아마 티셔츠의 저주가 해제된 게 아닐까 싶어."

"정말?"

"응. 아저씨가 입고 있는데도 아무 일 없다면 괜찮을 거야. 자세한 건 할머니에게 물어봐야겠지만."

은서가 할머니에게 물어본 뒤 알려 주기로 했다. 그날 타이밍 좋게 나타날 수 있었던 이유도 말해 주었다. 검은 고양이 나비는 아틀리에를 드나드는 길고양이인데, 갑자기 은서네 집에 나타나서는 같이 갈 데가 있다는 듯 자꾸 울어 댔다는 것이다.

"나비를 따라 한참을 걷다 보니 거기였어."

아무래도 믿기지 않았지만 달리 다른 설명이 있는 것도 아니었다. 그저 믿을 수밖에. 잠시 눈치를 보던 하람은 어렵게 입을 열었다.

"도와줘서 고마워. 진작 인사했어야 하는 건데…."

그날 은서가 아니었다면 어떻게 됐을지 상상도 하기 싫었다. 은서는 민망한 듯 웃으며 자긴 한 게 없다고 했다. 그보다 경찰서라도 가 봐야 하는 것 아니냐고 했다.

"근처에 시시티브이가 있던데."

"시시티브이?"

"응. 신고해야 하지 않을까?"

은서는 경찰에 연락하면 얼마든지 증거를 확보할 수 있을 거라 했다. 그러나 하람은 대답하기 곤란했다. 황도준을 신고하라고? 생각도 못 했던 일이었다. 하람이 망설이는 듯하자 은서가 조심스럽게 말을 이었다.

"아저씨가 다쳤는데…. 심각한 거잖아. 그냥 두면 안 될 것 같아."

그러면서 여태까진 도준이 교묘하게 빠져나갈 수 있었는지 모르겠지만, 이번에는 구멍이 없을 거라 했다. 확실한 증거로 녀석을 옭아맬 수 있다고 했다.

"도준이가 가만히 있지 않을 텐데."

보복을 당하면 어쩌나 두려웠다. 은서도 그 말에는 쉽게 답을 내놓지 못했다. 하지만 그냥 있으면 도준이 더 심한 짓도 할 거라고 말하며, 혼자가 힘들다면 같이 신고해 주겠다고 했다.

"네가? 왜?"

"너도 간절히 바랄 것 같아서."

아니라고 할 수 없었다. 도준이 마땅한 책임을 지게 만들고 싶었다. 하지만 여전히 걸리는 게 있었다.

"만약 신고를 한다면… 우리 아빠인 걸 밝혀야겠지?"

어쩌면 벌써 소문이 퍼졌을지도 모른다. 도준이 동네방네 떠들고 다니지 않았을까. 등교가 망설여지는 이유 중 하나도 아이들의 눈빛이 무서워서였다. '가가의 아들'로 살 걸 생각하면 눈앞이 캄캄해졌다.

"아빠가 부끄러운 거야?"

하람은 은서의 물음에 어이가 없어서 콧방귀가 나왔다.

"너라면 안 부끄럽겠어?"

은서는 동의한다는 듯 고개를 끄덕였다.

"우리 아빠가 다른 아빠랑 좀 다르다면… 좀 신경 쓰일 것 같아.”

“좀이 아니라 많이거든.”

친구들로부터 놀림 받는 아빠. 그런 아빠를 부끄러워하는 자신. 어느 것 하나 마음에 들지 않았다. 수업 중에도 가족 얘기가 나올 때면 슬그머니 고개를 내리곤 하던 하람이었다.

남들처럼 평범할 수 있다면 부자가 아니어도 좋고, 유명하지 않아도 좋았다. 그저 그런 아빠, 친구들에게 투덜댈 수 있는 아빠이길 얼마나 바랐는지 모른다.

하지만 은서는 생각이 좀 다르다고 했다.

“나는 아저씨가 꽤 멋지다고 생각해.”

“놀리는 거야?”

은서가 고개를 가로저었다.

“아빠의 감이라고 할까? 네가 위험에 처할 걸 어떻게 알고 나타나셨을까? 마치 히어로 같잖아.”

하람은 헛웃음이 나왔다.

“뭐래.”

그래도 듣기 싫은 소리는 아니었다. 히어로로라니. 사고 이후 바보가 된 아빠는 히어로와는 멀어도 많이 멀었다. 그런데 은서는 그렇지 않다는 거다.

“큰 사고를 겪고 특별한 능력을 갖게 되는 사람들이 있대. 아저씨는 머리를 다치면서 육감이 발달한 게 아닐까? 게다가 널 위해 온몸을 던지셨잖아. 그런 아빠라면 자랑스러워해도 되지 않을까?"

'나를… 위해서라고?'

그럴 리가. 믿기지 않았다. 아빠는 사고 이후 하람에게 먼지만큼의 관심도 보이지 않았다. 그저 세탁, 세탁, 세탁. 오직 세탁에만 몰두했다. 집에 와서도 먹고 자는 거 빼면 돼지 저금통이나 닦을 줄 알았지 하람과는 교류가 없었다. 그런데 아빠가 하람을 위해 영웅처럼 나타났다고? 앞뒤가 안 맞아도 너무 안 맞았다. 그런데도 하람은 은서의 말을 믿고 싶어졌다.

은서가 말했다.

"아저씨는 널 많이 사랑하셔. 확실해. 그러니 큰 사고를 당하고도 돌아오신 거야. 네 곁을 지키려고. 난 그렇게 믿어."

"…"

생각이 많아졌다. 어떡해야 할까? 한 가지 확실한 게 있다면, 아빠를 부끄러워하지 않을 수만 있다면 많은 문제가 해결될 거라는 사실이었다.


하람이 은서와 헤어져 집으로 돌아오니 아빠 혼자 거실에 앉아 있었다. 엄마에게 연락해 보니 마트에 아르바이트 자리가 나서 나갔다고 했다.

"아참, 아빠 연고 발라 줘야 하는데. 네가 좀 해 줄래? 식탁 위에 약봉지 있어."

"내가? 아이, 싫은데."

"그러지 말고 좀 해 줘. 엄마 일 끝나려면 멀었으니까."

아빠는 티브이에 시선을 고정한 채 돼지 저금통을 닦고 있었다. 이미 저금통 배가 갈린 줄도 모르고 말이다. 그 모습이 못마땅하면서도 저금통에 넣어 둔 돌이 짓누르기라도 하는 듯 마음이 무거웠다.

"뭐 봐?"

하람은 슬쩍 아빠 곁에 앉으며 물었다. 아빠는 세탁의 달인이 출연한 프로그램을 시청하고 있었다.

"세탁, 잘해. 깨끗해. 깨끗해."

아빠가 닦고 있는 돼지 저금통도 반들반들 윤이 났다. 하람은 괜히 신경이 쓰여 저금통을 빼앗았다.

"쓰지도 않을 거 닦아서 뭐 하려고. 그리고 맨날 동전만 모아 봤자 얼마 되지도 않아."

아빠는 인상을 구기며 저금통을 도로 홱 가져갔다.

"가!"

"가긴 뭘 가. 어깨나 이리 대. 연고 바를 시간이라며."

하람은 식탁에서 연고를 가져와 싫다는 아빠를 억지로 돌아앉게 했다. 소매를 하나 빼서 어깨가 드러나게 만든 뒤, 연고를 바르기 시작했다. 눈이 꽤나 매운 연고였다. 슬쩍 문지르기만 했는데 양파 깔 때보다도 훨씬 매웠다.

연고를 바르며 아빠 어깨 상태를 살폈다. 돌에 맞은 부위의 멍 자국은 여전히 시퍼렜다. 이게 다 자기 때문이라는 생각에 하람은 괜히 한숨이 나왔다.

"덤비긴 왜 덤빈 거야? 싸움도 못 하면서."

아빠는 대답 없이 저금통만 끌어안았다. 안에 돌덩이만 든 줄도 모르고 말이다.

'그러니까 바보 소리를 듣지….'

연고를 바르면 바를수록 눈은 점점 매워졌고, 급기야 눈물이 찔끔 흘렀다. 하람이 훌쩍거리자 아빠가 슬쩍 돌아봤다.

"오하람, 운다."

아빠가 물었다. 하람은 얼른 눈물을 닦았다.

"울긴 누가 운다고. 연고가 너무 맵잖아. 병원에서 잘못 준 거 아니야?"

"효과, 좋아. 어깨, 괜찮아."

어깨를 빙글빙글 돌리던 아빠가 빙그레 웃었다.

"그리고 너도, 괜찮아."

사고 난 후로는 단 한 번도 보지 못했던, 오래전의 미소였다.

"괜찮긴 뭐가 괜찮다고…."

하람은 어쩐지 아빠 얼굴을 마주보기 힘들어 고개를 떨구었다. 자꾸만 아빠에게 미안한 마음이 들었다. 돼지 저금통은 아빠의 전부다. 그런 저금통을 건드리고도 모자라 돌을 넣어 아빠를 속이다니. 못 할 짓이었다. 이대로 계속 모른 척하면, 영원히 아빠를 부끄러워하게 될 것 같았다. 그건 싫었다. 남들 앞에 자랑하진 못할지언정 더는 아빠를 숨기고 싶지 않았다. 그러기 위해선 용기가 필요했다. 아빠를 인정하는 용기. 잘못을 솔직히 밝히고 용서를 구하는 용기. 만약 아빠가 용서해 주지 않더라도, 진심으로 사과하고 싶었다. 망설이던 하람은 떨리는 두 손을 꼭 쥐고 말했다.

"아빠… 나 사실 아빠 저금통에 손댔어."

말을 꺼내고 나니 미안한 감정이 북받쳐 올랐다.

"미안해. 그러면 안 되는데, 내가 너무… 비겁했어."

왈칵 솟아오르는 눈물을 참을 수 없었다. 하람은 눈물을 보이지 않으려 고개를 떨구고 이를 꽉 깨물었다. 그렇다 해도 떨리는 어깨를 감추기는 힘들었다.

그때, 부드럽고 두툼한 손이 하람의 등을 토닥토닥 다독였다.

"네 거야."

아빠가 하람의 눈앞으로 저금통을 내밀었다.

"너 주려고, 모았어."

하람은 예상 밖의 대답에 눈을 들었다.

"그게 무슨 말이야? 날 주려고 모았다고?"

아빠가 고개를 끄덕였.

"이, 이러면 안 되는 거잖아. 한 푼 두 푼 악착같이 모아 대던 동전들이 실은 날 주려던 거라니. 왜? 대체 뭐 때문에?"

아빠는 말없이 저금통을 흔들었다. 동전 대신 둔탁한 돌 부딪히는 소리가 들렸다. 그러나 아빠는 동전 대신 돌이 들었건 말건, 그건 아무래도 상관없다는 듯 웃기만 했다. 정말로 바보 같은 미소였다.

아들밖에 모르는 바보.

아빠는 누구보다도 하람을 사랑하니까.

하람은 아빠의 목을 끌어안고 울었다.

이제야 알 것 같았다. 아빠가 복수의 티셔츠를 입고도 멀쩡했던 이유를. 애당초 복수를 위한 저주 따위는 필요하지 않았다. 하람에겐 이미 마법보다 더 강력한 힘이 있었으니까. 그것은 하람을 향한 아빠의 사랑. 은서의 말대로 영웅 같은 아빠의 너른 품이었다.

*

하람은 미니 샘에게 지난 일들을 털어놓았다. 그간 도준이 어떤 식으로 자신을 괴롭혔는지 장문의 글을 써서 제출했다. 특히 아빠 세탁소를 습격한 날의 일에 관해서는 빠짐없이 썼다.

하람은 용기를 내 보기로 했다. 어떤 대가를 치르더라도 도준과 정면으로 맞서 보기로 말이다. 아빠를 치고 도망간 도준을 그냥 둘 수는 없었다. 정당한 대가를 치르게 해야 했다. 그것이야말로 복수를 위한 가장 큰 한 걸음이라는 생각이 들었다.

하람이 도준을 학교 폭력으로 신고하자 처음에는 다들 코웃음을 쳤다. 하람이 겁도 없이 도준을 건드렸다고 말이다. 그런데 하람은 혼자가 아니었다. 은서가 있었다. 그리고 강력한 증거 자료가 있었다. 경찰서에 요청해 획득한 시시티브이 영상이 결정타가 되어 주었다. 도준은 자긴 그런 적 없다고 발뺌했지만, 영상 증거 앞에서는 입을 다물 수밖에 없었다.

이를 시작으로 상황이 역전되기 시작했다. 도준에게 당했다는 진술이 여기저기서 터져 나왔다. 신고가 끊이질 않자 학교 폭력 담당 선생님은 급기야 2학년 전체를 대상으로 피해 상황을 조사하기에 이르렀다. 그 과정에서 의외의 진술이 드러나기도 했다. 서윤이 도준의 가해 장면을 목격했다고 증언한 것이다. 심지어 서윤이 증거물까지 제출한 덕에 도준은 벼랑 끝에 몰린 신세가 되었다.

교육청에서 학교폭력위원회가 열리기로 결정된 다음 날, 도준의 부모님은 도준을 며칠간 가정에서 학습시키겠다고 학교에 연락했다. 아마 학폭위가 열릴 때까지 학교에 나오지 않을 모양인데, 무슨 꿍꿍이인 걸까? 알 수 없는 일이지만, 결론이 어떻게 나든 하람은 끝까지 싸워 볼 작정이었다.

등교 시간이 얼마 남지 않은 아침이었다. 하람은 아빠가 다려준 교복을 걸쳤다. 빳빳한 교복 셔츠가 기분 좋게 몸을 감쌌다. 그와 동시에 어깨가 딱딱하게 긴장했다. 크다면 큰일을 겪었다. 앞으로 학교생활을 잘 해낼 수 있을지 걱정이 앞서기도 했다. 그래서 하람은 아빠에게 이렇게 물었다.

"아빠, 나 학교 가도 괜찮을까?"

그런 하람에게 아빠는 깨끗이 다린 교복 셔츠를 건네주었다. 하얀 셔츠를 보고 있으니 하람은 어쩐지 용기가 샘솟는 것 같았다. 하람은 옷매무새를 매만진 뒤 가방을 챙겼다. 보자, 필통 있고 물통 있고. 이어폰이랑 버스 카드도 있었다.

그리고 아빠가 입고 있는 복수의 티셔츠가 마지막으로 눈에 들어왔다. 복수의 티셔츠는 이제 그냥 평범한 티셔츠가 된 듯했다. 마법의 효력은 완전히 사라진 걸까? 여전히 불안하지만, 그냥 아빠 옷 한 벌 선물했다고 생각하는 편이 속 편할 듯했다. 잘 어울리면 그만이지, 뭐.

문득 아틀리에 블로그에서 본 홍보 글이 떠올랐다. 복수를 완성하고 감옥에서 해방되라는 문구 말이다. 감옥에서 해방되는 열쇠는 사실 복수가 아니라 믿음이 아니을까? 스스로 해낼 수 있다는 믿음. 도준에게 맞설 수 있고 아빠를 부끄러워하지 않을 수 있다는 믿음. 하람은 앞으로도 그 믿음을 소중히 간직하리라 다짐하며 크게 인사했다.

"다녀오겠습니다!"

학교 가는 길에는 하람 세탁소가 있다. 예전 같았으면 눈살이 찌푸려졌을 간판이 오늘따라 제법 듬직해 보였다. 누가 이곳이 가가의 던전이냐고 물어도 이제는 당당히 말할 수 있을 것 같았다. 가가의 던전이 아니라 하람 세탁소라고.

세상에서 가장 세탁을 잘하는 아빠의 세탁소라고.

김서윤

굼벵이의 시간

버스를 잘못 내렸다. 더 갔어야 하는데, 서윤은 자기도 모르게 벨을 누르고 말았다. 정신 차리고 보니 버스에서 내려 멍하니 서 있었다.

'대체 여기서 왜 내린 거야?'

서윤은 스스로에게 물어보았지만, 답은 하지 못했다. 병원에 다녀오는 길이었다. 병원에서 들은 말이 충격적이라 심각해져 있었는데, 문득 낯익은 거리가 눈에 들어왔다. 그래서 벨을 누른 거다. 이곳은 마녀 아틀리에가 있는 동네다. 도준이 아틀리에 유리에 해코지하려 했던 그날 밤도 이 버스를 타고 여기에 내렸다.

근처에 편의점이 하나 있었다. 서윤은 사막에서 오아시스를 찾듯 그곳에 이끌렸다. 매대를 둘러보다가 곧장 고카페인 음료를 하나 골랐다. 우울하거나 지칠 때, 마음이 어지러울 때면 서윤은 고카페인 음료를 습관적으로 마셨다.

캔을 따는데 팔의 반점이 눈에 들어왔다. 의사 선생님 말이 떠올라 절로 한숨이 나왔다. 큰 병원에 가서 조직 검사를 받아야 한다니. 생각지도 못한 말이었다.

손바닥에서 시작된 작은 홍반이 조금씩 범위를 넓혀 갔다. 이제는 손목을 타고 올라 팔뚝과 팔오금을 점령했다. 한 달가량 약을 썼는데도 차도가 없다 보니 의사 선생님은 약을 조금 더 강한 것으로 바꿔 주었다. 그래도 안 되면 상급 병원에 가서 피부 조직 검사를 해야 한다며, 다음번 내원할 때 부모님과 함께 오라고 했다. 그것만은 어떻게든 피하고 싶었는데. 엄마는 가슴부터 철렁 내려앉을 테다. 서윤은 음료를 한 모금 마시며 생각했다.

'만약 다음 주까지 낫지 않으면 어떡하지?'

정말로 엄마를 데려와야 한다면? 엄마에게 병원에 가자고 어떻게 말한단 말인가. 도무지 입이 떨어지지 않을 것 같았다. 서윤은 팔에 난 붉은 반점을 빤히 바라보다가 벅벅 긁어 버렸다. 금세 상처가 나고 핏물이 올라왔다. 그래도 긁어서 없앨 수만 있다면 아픔 따위 얼마든지 참을 수 있었다.

편의점 문이 열리더니 새로운 손님이 편의점 안으로 들어왔다. 그런데 낯익은 얼굴이었다.

"어?"

서윤은 조금 놀라서 눈을 크게 떴다. 여기서 보게 될 줄이야.

그 아이도 마찬가지였다. 눈이 휘둥그레져서는 문고리만 붙잡은 채 안으로 들어오지 못하고 있었다. 손등과 목, 얼굴 등에 흰 얼룩이 가득한 아이. 강은서였다.

"안녕. 여기서 보네."

어떡해야 하나 잠시 고민하던 서윤은 먼저 가볍게 인사했다. 데면데면한 건 서윤의 취향이 아니다. 은서도 어색하게나마 인사를 받았다.

"안녕."

"이 근처에 살아? 원래 이쪽 아니었잖아."

서윤이 밝게 묻자 은서가 고개를 저었다.

"이사 아니고, 심부름."

"심부름? 무슨?"

은서는 대답하기 곤란한지 아랫입술을 깨물더니 대답 없이 편의점 안으로 걸음을 옮겼다. 서윤은 그런가 보다 했다. 말 못할 사정이 있겠지. 누구에게나 비밀은 있다고 하지 않나. 서윤에게도 비밀이 있었다. 절대 들키고 싶지 않은 비밀. 하지만 은서에게 들켜 버렸던 비밀. 그래서 한때는 저 아이가 너무도 미울 때가 있었다. 지금은 이미 다 지난 일이지만.

서윤은 음료만 홀짝홀짝 마셨다. 그러는 사이, 은서가 자꾸만 이쪽을 힐끔거렸다. 옛날부터 부끄러움이 많고 말수가 없는 아이였다. 뭔가 할 말이 있는 건가?

"왜 그래?"

미소를 띠며 묻자 아니나 다를까, 그 애가 우물쭈물 입을 열었다.

"저… 고마워."

서윤은 어깨를 으쓱했다.

"대뜸 고맙다니. 뭐가."

"증언해 준 것 말이야. 네가 그렇게까지 해 줄 줄은 몰랐어. 나도 하람이도 정말 고마워하고 있어."

"아, 그거?"

그런가. 그게 그렇게 고마워할 일인가. 하긴, 그 일로 학교가 시끄러웠다. 설마 서윤이 도준을 저격할 줄은 몰랐다고 말이다.

서윤의 증언 때문인지 아님 다른 아이들의 진술 때문인지, 결국 도준은 강제 전학 처분을 받았다. 그런데 따지고 보면 벌써 드러났어야 할 문제들이었다. 그동안 서윤은 도준을 위한답시고 폭력을 외면해 왔던 걸지도 모르겠다.

도준을 돕고 싶었다. 그 아이가 스스로 자기 잘못을 바로잡길 기대했다. 엄마끼리 친해서 어릴 때부터 가깝게 지냈는데, 어릴 적의 도준은 이렇지 않았다. 초등학교 때는 모범생이라는 평가가 따라다닐 정도였다. 그런 도준이 한순간 이렇게 변해 버린 건 왜일까?

도준은 종종 말했다. 대학에 들어가면 독립을 할 거라고. 혼자 사는 게 꿈이라고. 그때까지 꾸역꾸역 견디며 그들이 요구하는 걸 다 해낼 거라고. 도준이 말하는 '그들'은 다름 아닌 도준의 부모님이었다.

도준의 아빠는 잘나가는 변호사고, 엄마는 유명한 아나운서였다. 용돈도 넉넉했을 거고, 모든 것이 풍족했을 테다. 도준의 부모님은 도준에게 더 많은 걸 원하고, 더 높은 곳으로 올라가길 바랐지만, 결국 도준의 선택은 자길 망가뜨리는 거였다.

그것이 부모님에 대한 반항이었다 해도, 도준은 선을 너무 많이 넘었다. 스스로는 멈추지 못하는 폭주 기관차가 되어 버렸다. 그리고 그렇게 되기로 결정한 건 어디까지나 도준이었다. 도준은 그에 합당한 책임을 질 필요가 있었다. 도준의 폭력 행위를 증언한 건 그래서였다. 늦었지만 잘못된 걸 바로잡는 데 보탬이 되고 싶었다.

서윤이 증언한 걸 어떻게 알았는지, 도준은 전화를 걸어 화를 내고 억울함을 토로했다. 서윤은 앞에선 아무 말 안 했지만, 속으로는 이런 생각이 들었다.

'나도 할 만큼 했어, 황도준.'

그런데도 자꾸만 전화를 거니, 어쩔 수 없이 도준의 번호를 차단해 버렸다. 오랜 우정이 이렇게 끝나는 것 같아 조금 씁쓸하기도 했다. 서윤은 쓴 미소를 지으며 은서에게 말했다.

"내가 한 게 뭐 있다고. 네가 고생이 많았지."

은서야말로 하람을 도와 아이들을 설득했다. 더 이상 폭력 아래 억눌려 있지 말자며 진술해 달라고 부탁했다. 그 바람에 도준과 그 무리 애들에게 제대로 찍혔지만, 은서는 멈추지 않았다. 은서에게 그런 면이 있을 줄은 전에는 몰랐다.

그렇게 은서는 폭군 같은 도준을 물리쳤다. 그런데도 아이들은 은서에게 곁을 내주지 않았다. 초등학교 때부터 이어져 온 은서와 아이들 사이의 벽은 여전히 견고했다.

돌이켜 보면, 서윤도 그 벽을 쌓는 데 한 몫 거들었다. 악의로 그런 건 아니지만, 그때는 어쩔 수 없었다. 비밀을 들켰다는 충격이 너무 커서 은서를 밀어내고만 싶었다. 혹시나 은서가 학교에 소문을 내면 어쩌나 걱정돼 밤잠도 이루지 못하던 때 아닌가.

시간이 꽤 흘러도 은서는 서윤의 비밀을 퍼트리지 않았다. 그러나 사과를 하기에는 많이 늦어 버렸고, 그렇게 은서와 인연이 끊어진 줄 알았다. 그런데 이렇게 또 마주하다니. 꽤 친하게 지냈었는데, 이제 와서 그때처럼 지내길 바라선 안 되는 걸 테다. 끝이 별로 안 좋았다. 그게 다 서윤이 모질게 굴어서였다. 그러니 은서 마음이 많이 닫힌 걸 수도 있겠다.

"심부름 왔다며. 얼른 살 거 사."

서윤은 또 보자고 인사하며 다 마신 캔을 분리수거 통에 넣었다. 그러고 발길을 돌리려는데, 은서가 다급히 불러 세웠다.

"저기…! 피부 말이야."

132

"응?"

"아직 다 안 나은 거야?"

"아, 이거?"

서윤은 손을 이리저리 뒤집었다.

"많이 괜찮아졌어. 금방 나을 거래. 이 정도야 아무것도 아니지."

서윤은 태연하게 거짓말하는 자신이 우스웠다. 병원에선 심각하게 말했는데 아무것도 아니라니. 이래서 습관이 무서운 거다. 부모님은 어린 서윤에게 웬만한 일은 '아무것도 아닌 것'이라고 말해 주었다. 서윤 또한 그렇게 믿으려고 애썼다.

은서를 처음 만났을 때도 그 애의 백반증을 보고 아무렇지 않게 여겼다. 그래서 친해질 수 있었다. 거기까진 좋았는데, 정작 비밀을 들켰을 땐 우습게도 '아무렇지 않게' 굴지 못했다.

"아무리 약을 써도 안 나을 거야."

은서의 말에 서윤은 귀를 의심했다.

"어? 뭐라고?"

"안 나을 거라고."

정색하고 하는 말에 살짝 불쾌해졌다. 말을 그렇게 하면 안 되지.

피부에 문제가 생기고 보니 은서가 얼마나 힘들지 이해가 됐다. 서윤 또한 자기 피부를 가리게 됐으니까. 역시 남의 아픔은

늘 가벼워 보이는 법. 겪어 보지 않으면 알 수가 없다. 그런데 은서가 방금 한 말은 무례했다. 헛된 희망을 주는 하얀 거짓말도 문제지만, 대놓고 뼈를 때리면 맞는 입장에서는 꽤 아프다. 자기가 의사도 아니면서.

싫은 내색은 애써 감췄지만, 대화를 이어 나가고 싶진 않았다.

"걱정해 줘서 고마워. 잘 치료해 볼게."

서윤은 학원에 가야 한다며 대충 둘러대고 자리를 뜨려 했다.

"내가 네 피부를 낫게 해 줄 수 있어."

서윤은 발길을 우뚝 멈추었다. 도대체 무슨 소릴 하느냐는 눈으로 은서를 돌아봤다. 은서는 믿어 달라는 간절한 얼굴이었다. 대화가 이상한 방향으로 흘러가고 있었다.

*

서윤은 앞서가는 은서의 등 뒤를 물끄러미 바라보았다. 흔들리는 어깨는 많이 작고 구부정했다. 쫙 펴고 다니면 좋을 텐데. 그런 생각을 하며 걷다 보니 어느새 주황색 간판이 눈에 들어오기 시작했다.

아틀리에 방문은 처음이다. 아니, 두 번째인가? 도준을 말리기 위해 들렀던 게 처음이라 친다면 말이다.

도준과 그 무리가 무언가를 공모하고 있었다. 도준에게 물으면 대답을 못 들을 것 같아서 옆에 있는 애들을 살살 꼬드겼다.

그중 한 아이가 정보를 흘렸다. 웬 미친 할망구가 도준을 건드렸다고. 그래서 복수를 한다는 것이었다. 그래서 잠깐 들러 봤을 뿐이다. 혹시나 도준이 더 큰 문제를 일으키진 않도록 막으려고.

그날의 아틀리에는 폐허처럼 쓸쓸해 보였다. 어떻게 말리나 고민하던 중, 가게 안에서 인기척이 느껴졌다. 불이 켜진 것 같았는데 다시 보니 아니었다. 그런데 하람이 스프레이를 뿌리는 바람에 휴지로 문고리를 닦으려다 손을 뎄다. 말이 좀 이상하지만 정말로 그랬다. 문고리가 불처럼 뜨거웠다. 뜨거운 증상은 금세 가라앉았지만, 며칠 뒤 손에 빨간 반점이 돋기 시작했다. 그런데 은서가 병을 낫게 해 주겠다며 데려온 곳이 바로 아틀리에라니. 뭔가 연관이 있는 걸까? 아니면 그 애들 말처럼 정말로 이곳에 마녀라도 사는 걸까? 이 반점은 어쩌면 마녀를 건드린 탓에 얻은 저주의 흔적일지도 모른다. 터무니없는 생각 같지만, 서윤은 자신이 저주를 받아도 마땅하다고 생각했으니까.

'내가 무슨 생각을 하는 거야.'

서윤은 희미하게 웃었다. 뭐 하자고 은서를 따라온 건지. 피부를 낫게 해 준다는 말에 혹하기에는 서윤은 세상을 많이 알았다. 듣기 좋은 말로 마음을 흔드는 건 통하지 않는다. 서윤은 언제나 최악의 상황을 가정하니까. 최악을 준비해야만 그 일이 일어났을 때 충격이 덜하다. 그리고 세상에는 정말로 극악의 확률을 경험하는 사람들이 있다. 서윤의 가족도 그들 중 하나였다.

그런데도 은서를 따라온 건 은서의 간절함 때문이었다. 그리고 사실, 집에 가고 싶지도 않았다. 아틀리에가 어떻게 생겨 먹었나 구경하고자 하는 마음도 있었다. 도대체 누가 도준을 건드렸을까?

가게 앞에 도착하자 은서가 머뭇대며 돌아보았다.

"들어갈까?"

"응."

은서가 문고리를 잡았다. 그때의 기억이 떠오르자 이상하게 손이 화끈거렸다. 서윤은 손을 여러 번 쥐었다 폈다 했다. 자기도 모르게 긴장했는지 땀이 배어 나왔다. 은서가 서윤이 만지지 않아도 되도록 문고리를 잡아 주었다.

"고마워."

서윤은 가볍게 인사하며 가게 안으로 걸음을 옮겼다. 안에서 어떤 목소리가 들렸다.

"이제 왔니?"

미친 할망구라 불리는 그 할머니였다. 서윤을 본 할머니는 뜻밖의 인물이라도 만난 듯 눈이 커졌다. 은서가 쭈뼛거리는 사이, 서윤이 먼저 고개를 숙였다.

"안녕하세요. 은서 친구예요."

친구라는 말에 은서가 움찔 떨었다. 좋아서인지 싫어서인지 알 수가 없어 서윤은 조금 민망했다. 할머니가 호기심 가득한 눈으로 두 사람을 번갈아 보았다.

"오, 그래요? 우리 가게에는 무슨 일로? 놀러 왔어요? 아님 뭐 필요한 거라도?"

서윤은 어깨를 으쓱하며 눈으로 은서를 가리켰다.

"은서가 같이 가자고 해서요. 피부를 낫게 해 준다고 해서."

붉은 반점이 난 피부를 들어 보이자 할머니는 살짝 눈살을 찌푸리더니 쯧쯧쯧 혀를 차며 중얼거렸다.

"그새 많이 번졌네."

할머니는 마치 전에 이 증상을 본 적이 있는 듯 말했다. 혹시 돌팔이 의사라도 되는 건가? 피부에 좋다며 물건이라도 팔아 보려고? 은서는 할머니에게 손님을 연결해 주고 수수료를 받아 챙기는, 뭐 그런 사이라도 되는 걸까? 그런 생각을 하다 서윤은 몰래 헛웃음을 흘렸다. 내부 인테리어가 하도 요상해서 별생각을 다 하게 됐다.

할머니는 우선 밥부터 좀 먹겠다고 했다. 알고 봤더니 은서가 편의점에 온 이유는 할머니 도시락을 사기 위해서였다. 오늘따라 편의점 도시락이 너무 먹고 싶다며, 가까운 편의점 다 제쳐 두고 콕 집어 그 편의점에 다녀오라고 했단다. 은서는 하필 거기서 서윤을 만날 줄은 꿈에도 몰랐단다.

'재밌는 할머니네.'

서윤은 식사 중인 할머니를 힐끔 곁눈질했다. 은서와는 어떤 관계인 걸까? 친할머니는 아닌 듯했다. 외모가 많이 달랐으니까. 그냥 아는 할머니라고 하기에도 두 사람은 그리 가까워 보이지 않았다. 할머니는 은서를 편하게 대했지만, 은서는 할머니를 조금 어려워하는 듯했다. 서윤의 시선을 느꼈는지 할머니가 고개를 들었다. 눈이 마주치자 서윤은 얼른 고개를 돌렸다. 할머니가 말했다.

"그러지 말고 가게 구경이라도 좀 하고 있어요."

할머니의 말에 서윤은 어색한 미소를 지었다.

"아, 네."

은서는 막상 서윤을 데려와 놓고는 어쩔 줄 몰라 하는 듯했다. 서윤과 눈이 마주치자 허둥대며 더듬거렸다.

"할머니가 좋은 약을 주실 거야."

병원에서도 어찌하지 못하는데 이런 구멍가게에서 무슨 좋은 약을 준다고.

"알았어."

서윤은 빙그레 웃으며 별 기대 없이 대답하곤 가게 내부로 눈을 돌렸다. 마녀 아틀리에라는 상호와 잘 어울리는 인테리어였다. 그림책에나 나올 법한 마녀의 오두막 같은 느낌이랄까. 커다란 솥단지도 걸려 있고 색감도 전체적으로 주황색이었다. 여기저기 늘어뜨린 거미줄은 소품이 아니라 진짜라고 해도 믿을 듯했다.

파는 제품들은 잡다하긴 했지만 평범했다. 옷이나 액세서리, 치약, 샴푸 등의 생활용품이나 악기, 오래된 휴대폰까지. 그렇다고 아무거나 다 파는 잡화점이라기엔 부족한 구성이었다. 개중에는 화장품으로 보이는 것도 있었다. 서윤은 가까이 다가가 그중 하나를 집어 들었다.

"이런 거 바르면 피부에 좋은 거야?"

"아, 그건…."

은서가 대답을 못 하자 어느새 식사를 마치고 다가온 할머니가 끼어들었다.

"그건 사람 몸에 바르는 게 아니에요. 고양이 샴푸지."

서윤은 민망해져서 제품을 내려놓았다. 휴지로 입가를 닦은 할머니는 기다리게 해서 미안하다며, 식사 시간은 끝났으니 본격적인 영업을 시작해 보자고 했다.

"피부 좀 다시 볼 수 있을까요?"

"네? 아… 여기요."

서윤이 소매를 걷자 할머니 표정이 심각해졌다.

"퍼지는 속도가 빠른 걸로 보아 단순히 저주 문제만은 아닌 듯한데…."

할머니는 '저주'라는 단어를 너무 쉽게, 그리고 진지하게 사용했다. 진짜 이게 저주 때문이라고? 서윤은 마른침을 삼켰다. 믿기지 않으면서도 어쩐지 귀를 기울이게 됐다. 마치 공주와 마녀가 등장하는 동화를 듣는 듯했다. 마침 골똘히 생각하던 할머니가 서윤을 똑바로 바라보았다.

"혹시 집에 안 좋은 일이라도 있나요?"

어째 부적이라도 쓰라고 할 것 같은 분위기였다. 나중에는 복채를 요구하거나 굿을 해야 한다고 할지도 모르겠다. 그제야 실소가 흘러나왔다. 여기 서 있는 자신이 우스웠다. 더불어 은서도.

'강은서, 너 사이비 종교에라도 빠진 거야?'

오랜 시간 외톨이로 지내다 이렇게 된 건 아닌지 걱정이 됐다. 사람이 마음이 약해지면 뭐라도 믿고 의지할 걸 찾게 되니까. 서윤의 가족 또한 감당할 수 없는 고난 앞에서 지푸라기라도 잡는 심정으로 이 종교 저 종교 떠돌아다녔다. 소용없는 짓인 줄도 모르고 말이다.

서윤은 도로 소매를 내렸다.

"일은요. 아무 일 없어요. 그리고 피부는 치료받으면 나을 거예요. 신경 쓰지 마세요."

서윤은 은서를 돌아보았다.

"아무래도 빨리 가야겠어. 내일 학교에서 보자."

그때 열린 창문 틈으로 검은 고양이 한 마리가 머리를 들이밀었다. 낯익은 고양이었다. 어디서 봤지? 기억을 더듬던 서윤은 은서가 학교에 데려왔던 고양이가 바로 저 고양이라는 걸 알아차렸다. 창틀에서 훌쩍 뛰어내린 고양이는 서윤 앞으로 다가

와 다소곳이 앉았다. 꼬리를 살랑살랑 흔드는 모습이 마치 인사라도 하고 가라는 것 같았다. 서윤은 홀린 듯 자리에 쪼그려 앉았다.

"안녕? 나 너 알아. 전에 우리 학교에 왔었지?"

고양이는 알아듣기라도 한 듯 작게 울더니 서윤의 발목에 머리를 비볐다. 쓰다듬어 달라는 건가? 서윤이 은서에게 물었다.

"네가 키우는 고양이야?"

은서가 고개를 저었다.

"아니. 길고양이인데 여기 자주 놀러 와."

"그렇구나…. 만져 봐도 돼?"

은서는 조금 놀란 표정을 지었다.

"어? 되긴 하지만… 너 고양이 싫어하잖아."

"내가? 아닌데?"

말을 하고 나니 서윤은 떠오르는 장면이 하나 있었다. 오래전 일이었지만 똑똑히 기억난다. 은서에게 비밀을 들킨 날의 일이었다. 그날, 서윤은 은서에게 이렇게 말했다.

'여긴 아무나 들어오면 안 돼.'

손에 고양이 먹이를 들고 있던 은서는 서윤의 쌀쌀맞은 말에 아무 대꾸도 하지 못했다. 그러곤 서둘러 발길을 돌려 떠났다. 은서가 상처받았겠지만, 당시 서윤은 자기감정이 우선이었다. 주먹이 부르르 떨릴 정도였으니까. 꽁꽁 숨기고 싶었던 걸 기어코 들키고 말았다는 사실에 남의 아픔 따윈 보이지 않았다.

그때를 생각하니 은서에게 미안해졌다. 서윤은 쓴웃음을 흘리며 말했다.

"나 고양이 안 싫어해."

서윤이 녀석의 머리를 부드럽게 쓰다듬어 주었다. 은서는 그 모습이 충격적인 모양이었다.

"난 네가 개를 키워서 고양이는 싫어하는 줄 알았어."

몽이를 말하는 거였다. 엄밀히 말하면 몽이는 오빠 때문에 키운 거지 서윤은 키우고 싶은 마음이 없었다. 몽이는 유기견이었는데, 한쪽 다리를 절었다. 길에서 발견한 녀석을 오빠가 데려와 키우자고 고집을 부렸다.

몽이는 다리뿐만 아니라 먹이 섭취에도 문제가 있어서 늘 골골댔다. 검사를 했더니 심장에 구멍이 뚫렸다는 진단을 받았다. 1, 2년밖에 못 살 거라는 수의사에 말에 서윤은 화가 치밀었다. 골라도 어떻게 이런 녀석을 골랐는지.

잘 뛰지도 못하면서 바깥나들이를 좋아했던 몽이. 녀석은 유달리 기운 좋던 어느 날, 택배 차에 치여 유명을 달리했다.

엄마는 왜 택배 차량이 지하 주차장이 아닌 지상으로 다니는 거냐며 항의했고, 택배 기사도 미안하다며 배상하겠다고 했다. 그러나 배상으로 끝날 문제가 아니었다. 오빠가 너무 슬퍼했으니까. 결국 담당 택배 기사가 교체됐지만 그런다고 몽이가 살아 돌아오는 건 아니었다.

들리는 말로는 택배 기사가 조금 억울해했다고 한다. 단지 내에서는 시속 5킬로미터도 안 되게 서행을 했다고. 그런데 갑자기 개가 튀어나와 급브레이크를 밟았고, 분명 부딪히지 않았다고. 그러나 시시티브이로 보면 꼭 치인 것처럼 보였다.

사실 서윤은 알고 있었다. 몽이가 목숨을 잃은 게 교통사고 때문만은 아니었다는 걸. 그저 죽을 때가 되었던 거다. 택배 차량에 치이지 않았더라도 얼마 지나지 않아 오빠 곁을 떠났을 거다. 오빠만 그렇게 생각하지 않았을 뿐 서윤은 각오하고 있었다. 늘 최악의 상황을 생각하는 버릇 때문에 그렇게 끝이 날 거라고 예상했다.

서윤은 고양이 쓰다듬는 걸 멈추고 몸을 일으켰다. 은서를 향해 손을 내밀었다. 말 나온 김에 사과하고 싶었다. 의미 없는 몸짓이더라도 말이다. 제 마음 편하자는 걸지도 모르겠지만, 뭐 어쨌든.

"그때는 미안했어. 이유가 뭐였든 널 그렇게 대하면 안 되는 거였는데."

"…."

"사과 안 받아 줄 거야?"

웃으며 말했지만, 은서는 고개를 돌릴 뿐이었다. 용서하기 싫은 건가? 그게 은서의 뜻이라면 받아들여야 한다. 서윤은 머쓱해진 손을 거두어들였다. 할머니에게도 인사했다.

"또 올게요."

"얼마든지요. 아틀리에는 언제나 열려 있으니까."

돌아서는 서윤의 발길을 붙잡은 건 은서의 다음 한마디였다.

"나는 네가 아프면 아프다고 말했으면 좋겠어."

서윤은 은서를 돌아봤다. 은서는 기도하듯 두 손을 꼭 모으고 있었다.

"무슨 소리야?"

"숨기고만 있지 말고, 괜찮은 척하지 말고. 아프면 아프다고 말했으면 좋겠어."

서윤은 갑자기 얼굴이 뜨거워졌다. 은서가 다 알고 있다는 생각이 들었다. 아무렇지 않은 척, 별일 없는 척 지내고 있지만, 실은 서윤의 하루하루가 얼마나 곪아 있는지. 마치 오빠의 존재를 들킨 그날처럼 부끄러워졌다. 그래도 서윤은 내색하지 않고 웃어넘기려 했다.

"무슨 말을 하는지 모르겠네."

"저주… 풀 수 있어. 내가 꼭 풀어 줄게."

평소에 그럴지도 모르겠다고 생각했지만, 다른 사람의 입으로 '저주'라는 단어를 들으니 기분이 이상했다. 내가 저주받았다고? 그래서 이 모양 이 꼴이라고? 서윤은 갑자기 화가 치밀어 올랐다.

"야, 헛소리하지 마. 강은서, 네가 뭔데!"

저주받은 삶이란 거, 그렇게 확인 사살하듯 말해 주지 않아도 이미 알고 있다. 그러니 아픈 곳을 쿡쿡 찌르지 말란 말이다. 서윤은 악을 쓰며 소리쳤다.

"넌 그때도 그랬어. 저주가 어떻고 마녀가 어떻고! 그딴 말도 안 되는 얘길 나더러 믿으라는 거야?"

"서윤아…."

"우리 오빠 얘기 끝까지 비밀로 해 준 건 고맙게 생각해. 하지만 거기까지야. 더 이상 이상한 소리 하지 마."

쏟아 내고 나니 갑자기 속이 뻥 뚫린 것 같았다. 은서는 금방이라도 울 것 같은 표정이었다. 그제야 정신이 돌아왔지만 이미 엎질러진 물이었다.

가끔 참을 수 없을 때가 있다. 나란 존재가 역겹고 싫어질 때. 누가 아픈 곳을 조금이라도 건드리면 폭발하고 마는 스스로가 미웠다. 온몸을 장악해 가는 붉은 반점도 반점이지만, 썩은 과거가 이미 서윤의 마음을 검게 물들여서 돌이킬 수 없었다.

어떤 목소리가 생각났다. 울컥 화를 낼 때마다 자신을 달래던, 느리고 어눌하고 낮은 목소리.

'서윤아, 울어도, 돼. 괜찮, 아….'

잊으려 애써도 지워지지 않는 오빠의 목소리였다.

서윤은 발길을 돌렸다. 금방이라도 쓰러질 듯 걸음걸이는 위태로웠다.

*

저주받은 인생이 있다면 우리 가족이 해당되지 않을까. 서윤은 종종 그렇게 생각했다. 누군가는 요즘 세상에 저주 같은 게 어디 있냐며 웃어넘길지 모르겠다. 서윤은 그럴 수 없었다. 오빠만 생각하면 그 단어가 떠올랐기 때문이다. 오빠가 저주받은 게 아니라면, 대체 세상 누가 저주받았겠는가?

서윤에게는 쌍둥이 오빠가 있었다. 성별도, 외모도 다르지만 엄마 배 속에서부터 함께였고, 태어난 후로도 많은 걸 공유했다. 할머니 할아버지가 사 준 장난감, 엄마가 타 주던 분유, 쌍둥이 육아로 정신없었던 부모님의 손길까지.

어린 날에는 모든 걸 두고 다투었다. 장난감을 먼저 갖겠다고, 분유를 조금이라도 더 먹겠다고, 엄마 아빠의 오른손은 자신이 잡겠다고. 분명히 왼손이 비어 있는데도 오른손을 두고 다투고 또 다퉜다.

실은 장난감이나 분유, 부모님의 손이 필요한 건 아니었다. 상대에게서 빼앗아 왔다는 만족감. 어린 나이에도 본능적으로 안 것이다. 만만하게 보였다간 경쟁자에게 모든 걸 빼앗길지도 모른다는 것을.

그러나 그 경쟁은 그리 오래가지 않았다.

서윤이 막 걸음마를 시작할 때만 해도 부모님은 오빠의 문제를 인지하지 못했다. 그저 조금 느린 거겠거니 생각했다.

부모님은 아이가 들어서질 않아 난임 치료를 꽤 오랜 기간 지속했다. 포기해야 하나 고민할 무렵 선물처럼 찾아온 쌍둥이. 먼저 태어난 남자아이 서우가 오빠였고, 여자아이 서윤은 동생이 됐다.

잘 키우고 싶다는 마음도 잠시, 부모님은 현실의 벽에 직면했다. 쌍둥이를 위해서 경제적으로 안정되는 게 급선무였다. 엄마는 어린 서우와 서윤을 어린이집에 떼어 두고, 다니던 보험회사에 복직했다. 6개월 아이 둘을 어린이집에 맡기는 게 미안했지만, 조금만 참자는 말로 쌍둥이를 달랬다.

"서우야, 서윤아. 엄마 아빠가 열심히 일해서 더 크고 좋은 집으로 이사 가자. 그러니 그때까지만 이해해 줘? 사랑해."

엄마 스스로에게 하는 말이기도 했다. 큰 집에 이사 가기만 하면 두 아이가 맘껏 뛰어놀 수 있을 거라고. 아무 걱정 없을 거라고.

서우는 순해서 떼를 쓰지도 않고 말을 잘 들었지만, 서윤은 유달리 울고불고 적응을 못 했다. 당시만 해도 엄마 아빠의 걱정은 서우가 아닌 서윤이었다. 다만, 어린이집에서 서우가 발달이 조금 느린 것 같다는 말은 종종 했다. 10개월에 걷기 시작한 서윤과 달리 서우는 걸음마도 24개월이 되어서야 시작했다.

김서윤: 굼벵이의 시간

"그러다가도 금방 크는 게 애들이죠."

어린이집 선생님은 그렇게 말했지만, 부모님은 마음에 걸렸다. 서우를 흠잡는 것 같아 불쾌한 마음마저 생겼다. 하지만 좋게 생각하기로 했다. 염려해 준다고 생각하면 오히려 고마운 일이었다. '선생님이 좀 예민하시네' 하며 대수롭지 않게 여겼다. 부모님이 보기에 어린 서우는 잘 크고 있었다.

어린이집 아이들이 말문이 트일 즈음, 서우는 행동으로 자기 의사를 표현할 때가 많았다. 물기도 하고, 물건을 던지기도 하고. 서우에겐 말보다 행동이 편한 듯했다. 가장 많은 피해를 입은 건 다름 아닌 서윤이었다. 서윤은 집에서도, 어린이집에서도 오빠의 괴롭힘에 시달려야 했다. 그렇다고 울고만 있을 서윤이 아니었다. 작게나마 기어코 보복을 했는데, 마지막에 혼나는 쪽은 언제나 서윤이었다.

서우의 이상 징후를 감지한 건, 엄마가 오랜만에 친구 모임에 나가서였다. 키즈 카페에 아이들을 데려가 놀게 하던 중 친하게 지내던 도준의 엄마가 지나가듯 말했다.

"걷는 게 좀 불안해 보이긴 한다. 까치발을 들고 다니네. 혹시 발달 검사는 받아 봤어?"

그 한마디가 엄마의 불안감에 불을 댕겼다. 곧장 휴대폰으로 검색해 봤는데, 읽는 것만으로도 피가 식는 글들이 몇 개 보였다. 그때부터 엄마는 친구들의 말이 귀에 들어오지 않았다.

집에 돌아와서도 엄마는 그 생각뿐이었다. 설마 서우가? 엄마는 고개를 저었다. 아빠에게는 굳이 말하지 않았다. 입 밖에 꺼내면 정말로 아픈 아이가 될 것만 같았다. 그날 저녁, 엄마는 서우가 어린이집에서 그린 그림을 아빠에게 자랑하듯 늘어놓았다.

결정적으로 엄마를 공포에 빠뜨린 사건은 서우가 27개월 되던 무렵 벌어졌다. 서우가 어린이집에서 심하게 다쳤다는 연락을 받고 병원으로 달려간 엄마는 눈두덩이 찢어진 서우를 보고 어린이집 원장에게 격하게 화를 냈다.

그렇지 않아도 탐탁지 않던 어린이집이었다. 화가 난 엄마는 시시티브이를 확인하고, 책임을 물을 생각이었다. 원을 옮겨야겠다며 친한 엄마들에게 정보를 구하기도 했다.

그런데 병원에서 뜻밖의 말을 꺼냈다.

"혹시 서우 발달 검사를 몇 가지 받아 보시는 건 어떨까요?"

엄마는 의사의 권유가 검사받지 않으면 아이가 잘못될지도 모른다는 협박처럼 들렸다. 아빠는 너무 걱정하지 말자고, 원래 아이들은 제각기 다른 속도로 크는 거라며 엄마의 어깨를 감싸 주었다.

나중에 엄마는 왜 조금 더 빨리 협박당하지 못했는지, 돌이켜 보면 가장 후회되는 일이라고 했다.


서윤의 오빠, 서우에게도 좋은 날은 있었다. 어딘가 불안해 보이긴 해도 제 발로 땅을 디디고 걸을 수 있었던 시절. 언제인지도 어렴풋한 그때에, 오빠는 곤충에 몰두해 있었다.

오빠는 풀벌레들은 물론이거니와 날개 달린 곤충들에 시선을 빼앗겼다. 잠자리, 나비, 벌 할 것 없이 어떻게든 잡겠다고 포충망을 휘둘렀는데, 허술한 기술에 벌레가 잡힐 리가 없었다. 그래도 오빠는 휘두르고 또 휘둘렀다.

오빠는 매미를 특히 좋아했다. 그러나 매미란 노련한 채집자에게도 쉽지 않은 곤충이다. 오빠는 어딘가에서 들리는 매미 소리에 애만 태울 뿐, 채집에 성공한 적은 없었다. 괜히 나무 근처에서 얼쩡대다가 돌부리에 걸려 넘어지기 일쑤였다. 엄마에게 포충망을 뺏긴 건 덤이었다. 그래도 오빠는 포기하는 법이 없었다.

한번은 산책 중에 나무를 유심히 살펴보던 오빠가 무언가를 손에 덥석 쥐고 왔다. 오빠는 한쪽 입꼬리가 삐뚤어진 웃음을 보이며 손에 쥔 것을 내밀었다.

"맴맴."

오빠가 어눌한 발음으로 말하며 손바닥을 펼쳤다. 갈색의 반투명한 껍질이었다. 서윤은 그만 비명을 지를 뻔했다. 겨우 소리를 삼켰지만 놀란 가슴은 쉽게 진정되지 않았다. 오빠가 자꾸 손을 내미는 통에 서윤은 할 수 없이 그것을 힐끗 보았다. 다시 보니 오빠 손에 있는 것은 매미가 아니었다.

오빠의 바람과는 달리, 그것은 매미가 남기고 간 허물이었다.

오빠는 곤충뿐만 아니라 살아 움직이는 것이라면 관심이 많았다. 물고기 등의 어류나 거북이, 도마뱀 등의 파충류도 키웠다. 좀 더 크고 나서는 개나 고양이를 키우고 싶어 했다. 거실 한쪽에는 언제나 사육통과 어항이 즐비했다. 거기다 몽이까지 들이니 정말이지 거실은 발 디딜 틈이 없었다.

왜 그렇게 움직이는 것에 관심이 많았을까? 오빠 자신의 몸이 점점 굳어서 그런 걸까?

오빠는 근육이 퇴화하는 병을 앓았다. 병원에서는 오빠에게 남은 시간이 그리 많지 않다고 했다. 그럼에도 가족들은 오빠가 나을 거란 믿음을 잃지 않았다. 물론 현실은 그 믿음을 가차 없이 배반했지만.

오빠는 어느덧 누군가의 도움 없이는 움직이지도 못할 지경에 이르렀다. 그런데도 오빠는 자꾸만 밖으로 나가자고 했다.

"곤충, 잡자. 몽이 산책, 시키자."

은서에게 들킨 그날도 그랬다. 마침 엄마가 일 때문에 잠시 자리를 비운 날이었다.

"엄마 잠깐 부동산 좀 다녀올게. 오빠 좀 잘 봐 줘."

엄마는 복직을 하는 대신, 아파트 투자에 매달렸다. 투자로 돈을 왕창 벌어 오빠가 일 안 해도 먹고 살게 하겠다고 말이다. 오빠와 함께 있는 동안은 엄마도 웬만하면 전화로 일 처리를 했지만, 그날은 30분 정도 나갔다 와야 했다.

"걱정하지 마. 오빠 잘 볼게."

서윤은 자신 있는 표정으로 엄마를 안심시켰다. 오빠는 휠체어에 앉아 곤충 관련 동영상을 시청 중이었다. 아마 한동안 티브이에서 빠져나오지 못할 것이다. 엄마가 서둘러 현관문을 나섰다. 밖은 매미 소리로 시끄러웠다.

몽이가 더위로 지쳤는지 베란다에 배를 깔고 누웠다. 그러다 벌떡 자리에서 일어나 방충망에 앞발을 올리고 몸을 세우려 했다. 무슨 일인가 했더니 방충망에 매미 한 마리가 붙어 있었다. 웬일로 매미가 아파트 10층까지 날아왔을까. 신기했다.

"오빠, 저거 봐."

서윤의 말에 오빠의 고개가 느리게 돌아갔다. 매미를 발견하더니 눈이 동그래졌다.

"맴, 맴!"

오빠가 방충망 가까이 데려다달라는 듯 손을 뻗었다. 하지만 몽이가 짖는 바람에 매미는 금세 날아가 버렸다. 오빠는 뻗은 손을 바르르 떨었고, 몽이 또한 낑낑거렸다. 매미 잡는 게 오빠 소원이라는 걸 알고 있던 서윤도 아쉬운 마음이었다.

문제는 오빠가 그때부터 고집을 부렸다는 거다.

"밖에, 나가, 나가. 매미, 매미."

"안 된다니까. 엄마가 집에 있으라고 했어."

서윤은 엄마에게 전화를 걸었다. 30분 안에 온다더니, 엄마는 조금 길어질 것 같다며 10분만, 아니 넉넉하게 30분만 더 기다려 달라고 했다.

"오빠가 자꾸 밖에 나가자고 고집 피운단 말이야."

"답답한가 보네. 서윤아, 혹시 오빠 데리고 아파트 단지 한 바퀴만 돌고 올 수 있어?"

"싫어."

서윤은 단칼에 거절했다. 혼자서 오빠를 데리고 나가 본 적은 단 한 번도 없었다. 그러나 오빠가 계속 떼를 쓰고, 엄마도 간곡히 부탁하는 통에 결국은 마음을 돌려먹었다.

"알았어."

약한 한숨을 내쉬며 통화를 끊은 뒤, 서윤은 나갈 채비를 마쳤다. 몽이도 따라 나가겠다고 난리였다.

서윤은 한 손에 몽이 목줄을 쥐고 한 손으로는 오빠 휠체어를 밀며 1층 공동 현관을 빠져나왔다. 날이 더운 탓에 금세 땀으로 온몸이 흠뻑 젖었다. 짜증이 슬금슬금 올라왔다. 몇 걸음 걷지도 못하고 지쳐 버린 서윤은 아파트 상가 앞 파라솔에 앉았다.

"아, 못 가, 못 가! 잠시 쉬자."

햇빛이 유독 쨍쨍했다. 아이스크림이라도 하나 먹을까 싶어서 가게 쪽으로 고개를 돌릴 때였다.

"서윤아…."

누군가가 자신을 불렀다. 소리 들린 쪽을 돌아본 서윤은 가게 옆 화단 앞에 엉거주춤 서 있는 은서를 보게 되었다.

가슴이 철렁 내려앉았다.

'네가 왜 여기 있는 거야?'

같은 아파트에 학교 친구들이 사는 게 죽도록 싫었다. 오빠의 아픈 모습을 보이는 게 싫었다. 비밀을 알고 있는 유일한 친구 도준과도 같은 학교에 있기가 싫어 집에서 먼 곳으로 전학했다. 그런데 여기서 은서를 만나게 될 줄이야.

은서 발밑에 황갈색 털을 가진 고양이 한 마리가 있었다. 먹이통도 있었고 박스로 만든 고양이 집도 있었다. 은서가 준비한 것 같았다.

엘리베이터에 붙어 있던 공지 사항에 저 고양이 집 사진이 있었다. 누가 갖다 놓은 건지는 모르겠지만 치워 달라고, 기한 내 치우지 않으면 관리실에서 치우겠다고 했다. 어른들이 그 문제로 불쾌해하는 소리도 들었다. 다들 캣맘들이 문제라고 했다. 입주민도 아닌데 여기저기 고양이 구역을 만들어 놓고 간다고. 고양이는 영역 동물이라 한번 자리 잡으면 잘 떠나지 않는다고. 다른 고양이들까지 몰릴 수 있다며 염려하는 목소리였다.

사실 그런 건 아무래도 상관없었다. 불쌍한 고양이 좀 챙겨 준다고 문제가 되나? 어른들은 고양이에게 밥을 주지 않는 게 고양이를 위하는 일이라 했지만, 납득할 수 없었다. 그런 식이면 사람들은 다른 생물들이 살 구역을 함부로 침범하지 않았나. 만약 다른 곳에서 은서를 만났다면 서윤도 은서 편을 들었을 거다.

하필 오빠와 산책 중만 아니었다면.

오빠는 서윤에게 있어 아무에게도 들키고 싶지 않은 비밀이었다. 그래서 그렇게 말했다.

"고양이 집, 네가 만든 거야?"

은서가 큰 눈을 뜬 채 말없이 고개만 주억거렸다.

"경비 아저씨가 당장 치우라던데."

그 사이 휠체어에 앉아 있던 오빠가 움찔대기 시작했다. 매미 소리에 반응한 것이다. 오빠가 어눌한 목소리로 떼를 썼다.

"매미, 잡아. 매미!"

"오빠, 잠깐만."

그러나 오빠는 자리에서 일어나겠다며 낑낑대더니 급기야 바닥에 쓰러졌다. 놀란 은서가 달려가 오빠를 부축했다. 은서를 향해 헤벌쭉 웃는 오빠 입가로 침이 흘렀다. 서윤은 자기도 모르게 소리쳤다.

"그 손 당장 치워!"

서윤은 발을 굴리며 다가가 은서의 손에서 오빠를 빼앗듯 데려왔다. 휠체어에 앉힌 뒤, 바퀴 방향을 돌렸다. 그러는 동안에도 머릿속엔 한 가지 생각뿐이었다.

'은서가 봤어. 다 알게 됐다고!'

서윤은 입술을 질끈 깨물었다.

"여긴 아무나 들어오면 안 돼. 고양이 집 가지고 나가."

머뭇대던 은서가 무언가 말을 하려 했지만, 듣고 싶지 않았다. 서윤은 휠체어를 밀며 빠르게 자리를 벗어났다. 몽이는 고양이와 다툼이라도 붙었는지 으르렁대면서도 땅에 질질 끌리듯 따라왔다.

며칠 후, 고양이 집은 치워졌다. 경비 아저씨가 치운 건지 은서가 치운 건지는 알 수 없었다. 고양이는 여전히 아파트를 맴돌았지만, 먹이 주는 사람도 없고 찾는 이도 없자 어느 순간 사라져 버렸다.

그날 이후, 서윤은 은서를 모르는 체했다. 대신 다른 친구들의 환심을 사려고 노력했다. 선물을 주고 먹을 걸 사 줬다. 그런 노력 중에는 은서를 흉보는 것도 포함되어 있었다. 뒷말하며 친해지는 것만큼 확실한 것도 없었다. 그렇게라도 아이들을 붙들어 둬야 했다. 만에 하나 은서가 비밀을 폭로하면, 친해진 아이들을 동원해 철저히 복수해야 하니까. 서윤은 복수의 칼날을 갈았다. 그러나 시간이 지나도 은서의 공격은 없었다.

그러던 중 몽이가 택배 차에 치이는 사고를 당했다. 몽이 목줄을 손에 쥐고 가던 서윤이 넋을 놓고 있다가 몽이를 놓쳐 버렸다. 사라졌던 그 고양이가 모습을 나타냈던 거다. 고양이를 보는 순간 은서가 떠올랐고, 자신이 그 애에게 한 짓이 생각나 전원이

나간 듯 멍해져 버렸다. 자유로워진 몽이가 한순간 고양이를 뒤쫓아 달려 나갔다. 그러다 봉변을 당했다.

오빠는 가족을 잃은 사람처럼 울었고, 몇 날 며칠 식음을 전폐했다. 병원에도 입원해야 했다. 서윤도 울고 싶었다. 은서에게도, 오빠에게도 정말이지 못 할 짓을 하고 말았으니까.

하지만 이제는 그 누구에게도 사과하지 못하게 되어 버렸다.

불행으로 가득한 삶을 살았던 오빠. 오빠는 작년 봄, 바람처럼 세상을 떠나 버렸다. 서윤의 집 또한 오빠의 죽음과 함께 멈추어 버렸다.

*

피부는 2주가 지나도 낫지 않았다. 오히려 어깨와 등까지 번지더니 이제는 목까지 침범하려 했다. 엄마 눈길을 피할 수도 없었다. 아침을 먹으려는데 엄마가 방에서 나왔다.

"서윤아, 너 목에 그게 뭐니?"

오빠의 죽음 이후, 엄마는 방에 틀어박혀 나오질 않았다. 서윤에게는 일말의 관심도 두지 않았다. 서윤이 뭘 하든 말든 엄마는 어두운 동굴 안에 자신을 가두었다. 그런 엄마가 웬일로 말을 걸어 온 것이다. 서윤은 모른 척 답했다.

"몰라, 벌레 물렸나?"

그러나 엄마를 뭔가를 알고 있는 눈치였다.

"왜 말 안 했어?"

"뭐가?"

"의사 선생님한테 전화 왔어. 네가 병원에 오지 않는다고."

그 말을 듣는 순간, 아차 싶었다. 병원에서 전화할 줄은 예상하지 못했다.

"의사 선생님이 하루라도 빨리 조직 검사 해 보라시던데."

며칠 전 병원에 갔을 때, 의사 선생님은 조직 검사를 권하며 보호자를 대동해서 오면 상급 병원 진료 의뢰서를 써 주겠다고 했다. 서윤은 덜컥 겁이 나 그 후로 병원에 가지 않았다. 그러자 의사 선생님이 직접 연락을 한 모양이다. 곤란한 상황이지만, 서윤은 얼렁뚱땅 넘어가려 했다.

"이런 걸로 무슨 조직 검사야. 괜찮아지겠지."

서윤이 대수롭지 않게 말하고 숟가락을 드는데, 엄마가 딱 잘라 말했다.

"병원 가."

엄마는 방으로 들어가 외출복으로 갈아입고 나왔다. 서윤은 그 길로 엄마 손에 이끌려 밖으로 나왔다.


오전의 태양 아래에서 보는 엄마 모습은 많이 낯설었다. 엄마에게는 정말 오랜만의 외출일 것이다. 늘 어두운 안방 침대 위에 누워 있기만 했으니까.

엄마는 버스 카드를 찍고 나서도 어디에 앉아야 할지 몰라 고민했다.

"엄마, 뒤에 앉자."

서윤이 엄마 손을 이끌고 뒷자리로 향했다. 엄마는 어린아이처럼 서윤에게 몸을 맡겼다. 엄마는 창가에 앉았고, 서윤은 그 옆에 앉았다. 엄마가 창밖을 물끄러미 바라보았다. 햇살이 엄마의 주름을 더욱 깊고 도드라지게 만들었다.

서윤은 엄마의 옆얼굴을 잠깐 바라보다가 손을 뻗어 차창을 열었다. 도로의 소음과 매연이 틈새로 흘러들어왔다. 서윤은 심호흡을 했다. 매캐했지만 싫지 않았다. 엄마도 같은 냄새를 맡길 바랐다.

의사 선생님이 추천해 준 상급 병원에 들러 진료 접수를 마쳤다. 사람이 꽤 많았지만, 엄마에게나 서윤에게나 기다림은 익숙했다. 예전에 오빠 진료를 다녔던 대학병원은 이곳보다도 훨씬 크고 사람도 많았다. 한두 시간 기다리는 건 일도 아니었다.

다행히 오빠도 기다리는 걸 힘들어하지 않았다. 휴대폰만 있으면 어디든 곤충 세상, 동물의 세계였다. 구독하는 채널만 열 개는 넘었다. 관심 있는 곤충 영상, 동물 영상이라면 한 시간이 넘는 다큐멘터리도 집중하고 잘 봤다. 처음엔 휴대폰을 사 주지 않으려 했던 부모님도 나중에는 사 주길 잘했다고 생각했다. 영상을 너무 많이 보는 것 같아 걱정이긴 했지만, 오빠는 시청 시간

만큼은 밝아졌다.

또 한 가지 휴대폰의 좋았던 점은 오빠가 메시지를 유용하게 이용했다는 것이다. 말이 어눌한 오빠는 필요한 걸 문자로 부탁하곤 했다. 도서관에서 책을 빌려달라는 부탁부터 먹고 싶은 음식을 사 달라는 문자까지. 어디서 찾았는지 가끔은 좋은 글귀를 가족 채팅방에 올리기도 했다. 부모님은 그러한 오빠의 사소한 행동 하나하나에 의미를 두었다. 우리 서우가 좋아지고 있다고. 조금씩 낫고 있다고.

조직 검사는 생각보다 빨리 끝났다. 마취를 하고 의료용 나이프로 팔꿈치 피부를 아주 조금 도려냈다. 간호사는 환부 소독을 잘하고 항생제 연고를 바르라고 했다. 또 이틀에 한 번씩 병원에 들러 드레싱을 받아야 했다. 결과는 일주일 뒤에 확인할 수 있다고 했는데, 막상 검사를 해 놓고 나니 긴장이 됐다. 병원을 자주 가야 하는 게 부담스럽기도 했고. 그래도 아무 문제 없기를 기도했다.

문득 오빠 생각이 났다. 오빠는 병원 오는 걸 좋아했을까? 어린 서윤은 병원 냄새도 맡기가 싫었다. 티 내진 않았지만 병원에 들어오면 일부러 숨을 조금만 쉬려고 했다. 그만큼 지긋지긋한 병원이었는데, 오빠에게는 어땠을까? 일상처럼 익숙해지려 노력했을까? 아니면 너무 오기 싫은데도 꾹 참은 걸까. 새삼 오빠가 많이 힘들었겠다는 생각이 들었다.

병원을 나서자 맑은 하늘이 머리 위로 펼쳐졌다. 이대로 돌아가기엔 아까울 정도로 포근하고 화창한 날씨였다. 엄마와 바람이라도 쐬고 싶었다. 가까운 공원에 들러 두어 바퀴 돌다가 편의점에서 시원한 음료를 사 마셔도 좋을 것 같았다. 괜찮다면 점심도 밖에서 먹고.

서윤은 엄마 곁으로 다가가 슬쩍 팔짱을 끼었다.

"엄마, 우리 맛있는 거 먹고 갈까?"

그러나 엄마는 팔을 뺐다.

"집에 가서 먹자. 입맛이 없네. 그리고 너도 검사 부위 조심해야지."

엄마의 말에 서운한 마음이 들었지만 서윤은 애써 웃음을 보였다.

아파트 단지에 들어서자 단지 내 어린이집 원아들이 선생님들과 함께 점심 산책을 즐기고 있었다. 새끼 펭귄 같은 아이들이 선생님을 따라 쫄래쫄래 걸었다. 몇몇은 우다다 뛰었다. 선생님들이 아이들을 잡기 위해 이리저리 뛰어다니는 모습이 조금 우습기도 했다.

걸음을 멈춘 엄마가 그 모습을 물끄러미 보았다. 혀 짧은 소리로 선생님을 부르고, 갑자기 쪼그려 앉아 기어가는 개미를 관찰하고, 쉬가 마렵다며 바지부터 내리려 하는 아이들. 시끌벅적하지만 생기 넘치는 풍경이었다.

김서윤: 굼벵이의 시간

그때였다.

"안 돼, 아가!"

택배 차 한 대가 느린 속도로 다가오고 있었다. 갑작스레 뛰쳐나간 엄마가 한 아이를 품에 안고 바닥을 뒹굴었다. 아이는 놀랐는지 눈이 동그래지더니 이내 울음을 터트렸다. 선생님들도 몹시 당황한 기색으로 뛰어왔다. 택배 기사 또한 낯빛이 허옇게 질려 차에서 내렸다.

"죄, 죄송합니다…! 괜찮으세요?"

기사 아저씨는 이 모든 상황이 자기 때문이라 생각했는지 어쩔 줄 몰라 하고 있었다. 하지만 실은 엄마의 과잉 반응이었다. 아이가 차량 진로 방향에 있었던 건 맞지만 선생님이 아이를 챙기러 오고 있었고, 택배 차 또한 속도를 줄여 정차하는 중이었다. 그런데도 엄마의 몸은 과거의 기억을 떠올리듯 먼저 반응하고 말았다.

엄마는 망연자실한 얼굴이었다. 서윤이 쓰러진 엄마를 일으켰다. 바지에 난 구멍 사이로 까진 무릎이 보였다.

"들어가서 약 바르자."

엄마 눈에는 여전히 초점이 없었다. 그저 서윤이 이끄는 대로 몸을 맡길 뿐이었다.

"저기, 학생."

한 선생님이 서윤을 조심스레 불렀다.

"네?"

"엄마 바지 좀 봐 드려야겠는데…."

무슨 말인가 해서 엄마 바지를 살피는 순간, 서윤은 얼굴이 화끈거렸다. 놀란 건 아이가 아니라 엄마였던 걸까. 엄마가 실례를 했다. 소변이 바짓가랑이를 타고 흐르는데도 엄마는 미동이 없었다.

"알려 주셔서 감사합니다."

서윤은 서둘러 인사를 하고 걸음을 빨리했다. 그런데도 엄마는 넋을 놓은 사람처럼 흐느적거렸다. 겨우 엘리베이터에 올랐을 때는 바닥에 풀썩 주저앉기까지 했다. 서윤은 참고 있던 감정이 울컥 올라왔다.

"엄마 정말 왜 그래!"

고통 속에서도 희망을 잃지 않던 엄마였는데, 막상 고통이 끝나자 완전히 희망을 잃어버렸다. 서윤은 자신을 올려다보는 텅빈 엄마 눈길이 서럽고 또 서러웠다.

"나도 힘들다고!"

서윤도 그 자리에 쪼그려 앉아 엉엉 울었다. 층수를 누르지 않아 멈춰 있던 엘리베이터가 문이 열렸다. 어떤 아저씨가 타려고 하다가 울고 있는 서윤을 보고 흠칫 놀라 걸음을 돌렸다. 다시 엘리베이터가 닫혔다.

서윤은 좀처럼 눈물을 멈출 수가 없었다. 피부가 낫지 않는 것도 걱정되고 불안한데, 엄마까지 왜 이러나 싶었다. 남들 다 보는 앞에서 애를 안고 구른 것도 모자라 실례까지 하다니. 그런데도 엄마는 정신을 못 차리고 세상 다 산 사람처럼만 굴었다.

갑자기 엄마 흐느끼는 소리가 들렸다.

"엄만 또 왜 울어!"

"미안해…. 서우야, 미안해."

나중에는 우는 소리인지 웃는 소리인지 알 수 없는 기괴한 소리로 변했다.

"오빠한테 왜 미안해! 나한테 미안해해야지!"

아직도 오빠를 찾다니. 서윤은 가슴이 무너지는 것 같았다. 엄마가 망가졌다는 사실이 새삼스럽게 다가왔다.

그날로부터 1년이라는 시간이 흘렀지만, 엄마에게는 아직도 현재 진행형인 듯했다. 절망의 구렁텅이에 빠진 엄마는 도무지 빠져나올 길을 찾지 못했다.

사실 서윤도 마찬가지였다. 오빠가 세상을 떠난 그날에서 하루도 벗어나지 못했으니까. 겉으로 보기엔 멀쩡해 보여도 겉만 번지르르한 박제 동물처럼 속은 아무것도 없이 텅 비어 있었다.

*

엄마 아빠는 종종 말했다. 진정한 행복은 상황과 관계없이 감사하는 마음에서 나오는 거라고. 고통과 시련 앞에 무릎 꿇지 말고 서로 격려하고 위로하여 고난의 시절을 건너가자고.

돌이켜 보면, 그것은 일종의 신앙이었다. 믿음대로 이루어질 거라는 신앙. 함부로 좌절해선 안 됐고, 쉽사리 슬픔에 잠식돼도 안 됐다. 단단한 믿음으로 무장하여 우린 괜찮을 거라고, 이대로도 행복할 거라고, 세뇌 아닌 세뇌를 반복했다. 그러다 보면 언젠가는 좋은 일이 있을 거라는 믿음 속에서 살았다.

막상 오빠가 죽고 나니 굳건했던 믿음의 반석은 모래탑보다도 쉽게 무너져 내렸다. 아니, 어쩌면 처음부터 믿음은 모래알처럼 가벼웠던 걸지도 모르겠다.

서윤은 자꾸만 의심이 들었다. 정말 괜찮아질 수 있는지. 이 상황이 행복한 게 맞는지. 불쑥불쑥 그런 생각이 들 때면, 서윤은 팔 안쪽 살을 멍이 들 때까지 꼬집었다. 믿음 약한 자신을 질책하면서.

차마 말은 못 했지만, 서윤은 자신의 불경스러운 생각 때문에 오빠가 죽은 것만 같았다. 그래서 이 붉은 반점이 영원히 사라지지 않아도 괜찮았다. 응당 받아야 할 벌을 받은 거니까.

일주일 뒤 검사 결과가 나왔다.

이상 소견 없음.

아무런 문제가 없다는 뜻이었다. 그렇다면 이 붉은 반점의 원인은 대체 무엇일까? 의사 선생님은 도통 모르겠다는 듯 약만 더

처방해 주었다.

하필 오빠의 기일이었다. 그러나 가족 중 누구도 오빠의 기일을 챙기지 않을 것이다.

병원에서 돌아오는 길, 집으로 향하는 발걸음이 무거웠다. 서윤은 문득 은서가 남긴 말이 떠올랐다. 반점의 원인이 저주라는 말 말이다. 오빠가 저주를 내린 걸까? 그럴지도 모른다. 오빠의 영혼이 원통하여 하늘로 가지 못하고 집 주변을 맴돌지도.

생각에 빠져 바닥만 보고 걸었는데, 놀랍게도 서윤의 발길이 멈춘 곳은 집이 아니었다. 마녀 아틀리에 앞이라니, 서윤은 당황스러우면서도 어쩐지 반가웠다. 한편으로는 그날 은서에게 너무 퍼부은 것 같아 마음이 무겁기도 했다.

망설이던 서윤은 조심스럽게 문고리를 당겼다. 안에서 할머니 목소리가 들렸다.

"어서 오세요! 마녀 아틀리에입니다."

인사를 하던 할머니가 서윤을 발견하고는 반가운 듯 눈을 크게 떴다.

"은서 친구? 이름이 서윤이라고 했던가?"

서윤이 멋쩍게 웃으며 고개를 숙였다.

"안녕하셨어요."

"오늘은 어쩐 일이에요? 은서 만나러 왔어요?"

"네…."

슬며시 가게 안을 둘러보았지만 은서는 보이지 않았다.

"저주를 푸는 데 쓰는 재료를 가지러 갔어요. 조금만 기다려요. 금방 올 거니."

호랑이도 제 말하면 온다더니, 마침 가게 문이 열리고 은서가 나타났다. 은서는 양손에 작은 소쿠리를 들고 있었다. 서윤을 발견한 은서가 깜짝 놀라는 바람에 들고 있던 소쿠리에서 무언가가 흘러 떨어졌다. 은서는 얼른 그것을 주워 소쿠리에 담은 뒤, 등 뒤로 숨겼다. 그러곤 할머니와 서윤을 번갈아 보았다. 어떻게 된 일이냐고 묻는 듯했다.

"너 만나러 온 거래."

할머니의 말에 은서가 서윤에게로 시선을 돌렸다. 서윤이 어색하게 손을 들었다.

"피부 말이야. 낫게 해 줄 수 있다며…."

잠시 멍한 표정으로 있던 은서가 눈을 바짝 떴다.

"잠시만 기다려 줄래?"

은서가 서둘러 소쿠리를 넘기자 할머니는 물건이 싱싱하다며 흡족해했다. 잠자코 있던 서윤이 조심스럽게 다가가 물었다.

"그게 뭐야?"

그러곤 소쿠리 안을 슬쩍 넘겨봤다가 깜짝 놀랐다. 굼벵이가 우글우글했다. 매미의 유충 말이다. 절로 눈살이 찌푸려졌다.

"저걸로 뭘 하려고?"

할머니가 기대하라는 눈빛으로 답했다.

"뭘 하긴. 저주를 푸는 약을 만들지."

땅속에서 사는 걸 용케도 구했다 싶었는데, 알고 보니 할머니가 사육한 거라고 했다. 굼벵이로 대체 무얼 하려는 건지. 할머니는 금세 다녀오겠다며 소쿠리를 들고 밖으로 나갔다. 그러자 조용한 공간에 은서와 단둘이 남게 되었다. 어색한 분위기가 힘들었는지 은서가 부산하게 움직였다.

"내 정신 좀 봐. 마실 거라도 줄까?"

은서는 앉아서 편히 쉬라고 하더니, 어느새 홍차와 마카롱을 내왔다. 원래 이 시간에 할머니와 차를 마시는데, 괜찮다면 함께 차를 마시자고 했다. 서윤이 좋다고 하자 은서가 잔에 홍차를 따르며 조심스레 물었다.

"많이 놀랐지? 굼벵이라니."

서윤은 놀라긴 했지만, 또 한편으로는 아무렇지 않았다. 서윤도 오빠 덕에 곤충에 일가견이 있으니까. 은서가 잔을 건네주었다.

"마셔 봐."

"고마워."

서윤은 홍차를 홀짝거렸다. 좋은 향이 나서인지 어쩐지 마음이 편안해지는 것 같았다. 한 모금 더 마시니 쓸데없는 말까지 툭 튀어나왔다.

"우리 오빠가 봤으면 좋아했을 거야. 매미를 엄청 좋아했거든. 매미의 한살이를 줄줄 외우고 다녔지."

"정말? 오빠가?"

"응. 그거 알아? 굼벵이는 땅속에서 짧게는 6년, 길게는 17년을 산대. 그리고 바깥에서 일주일의 여름을 보내고 떠나는 거지."

오빠가 그 얘기를 해 줄 때면, 서윤은 조금 화가 났다. 그 긴 시간을 고생했는데 왜 그것밖에 못 사는지.

"땅속에서 일주일을 살고 밖에 나와 17년을 살면 얼마나 좋을까?"

그런데 자기 잔에 홍차를 따르던 은서가 고개를 갸웃하며 자기 생각은 좀 다르다고 했다.

"꼭 매미가 되어야 하나? 굼벵이도 얼마든지 행복할 수 있어."

말도 안 되는 소리에 서윤은 눈살을 찌푸렸다.

"굼벵이가 매미가 되려고 사는 건데, 매미가 안 되면 어떡해?"

그런데도 은서는 고집을 꺾지 않았다. 책장에 꽂힌 '마법의 생물'이라는 책을 한 권 꺼내 오더니 페이지를 넘겼다.

"여기 있다!"

그러곤 흠흠 목청을 가다듬고는 책 내용을 읽어 주었다.

"매미는 매미대로, 굼벵이는 굼벵이대로 자기 삶을 살면 된다. 그런데 땅 위의 삶만 값지다 생각하고, 땅 아래 삶을 폄훼하다 보면 가진 것에 만족하지 못하고 늘 불행한 삶만 살게 될지도 모른다. 현재 나에게 주어진 것을 감사함으로 누리는 것. 그것이야말로 진정한 땅 아래의 삶이자, 행복한 '굼벵이의 시간'이다. 굼벵이로 살아가는 동안에도 얼마든지 행복할 수 있다."

서윤은 코웃음이 났다.

"뭐 그런 책이 다 있어?"

서윤은 은서에게서 책을 받아 들어 이리저리 훑어보았다. 표지도 조악하고 제본도 엉성한 것이 시중에서 파는 책처럼 보이지 않았다. 아니나 다를까, 은서는 그 책이 할머니가 쓴 책이라고 했다. 말장난이고, 순 엉터리였다. 서윤은 반쯤 식은 홍차를 단번에 들이켜고 목소리를 높였다.

"매미가 매미여야 행복하지!"

얼마나 하늘을 날고 싶었을까. 얼마나 목청껏 울어 보고 싶었을까. 다들 매미의 마음을 모르고 하는 소리였다. 하지만 은서도 쉽게 물러서지 않았다.

"그렇지만 할머니 말이 아예 틀린 것도 아니야. 굼벵이는 하늘을 날진 못하지만, 시원한 땅속에서 배불리 먹고 자며 행복한 시간을 보내지 않을까? 매미가 되기 위해 산 게 아니라, 그냥 산 거지. 자기 나름대로 만족하면서."

궤변에 휘말리고 싶지 않아 서윤은 고개를 휘휘 저었다. 그런데 실은, 그 말을 은서가 아닌 누군가에게서 들어 본 적이 있다. 다름 아닌 오빠에게 말이다. 서윤은 격렬히 반박했다. 이상한 소리 그만하라고. 오빠는 다 나아서 매미처럼 훨훨 날아갈 거라고.

오빠 말을 들은 엄마 아빠도 그런 소리 그만하라며 오빠를 다그쳤다. 조금만 참고 견디면 곧 좋은 날이 올 거라면서 말이다. 반면 오빠는 그런 비현실적인 희망은 버리라고 했다. 어차피 사람은 다 죽는다고, 자기에게 조금 일찍 찾아온 죽음 때문에 우울해하고 싶지 않다고 했다.

"나는, 이, 순간을, 즐길, 거야!"

더듬거리며 외치던 오빠. 오빠는 할 수 있는 최선을 다해 즐길 거라고, 해 볼 수 있는 건 다 해 볼 거라고 했다. 서윤은 그것이 일종의 몸부림이자 자포자기처럼 보였다. 결국 오빠는 굼벵이의 삶만 살다가 안타깝게 가 버렸다.

그런데… 은서 말대로 오빠는 정말로 행복해지려고 그랬던 걸까? 서윤은 갑자기 힘이 쭉 빠졌다.

"있잖아, 오늘 우리 오빠 기일이다?"

서윤은 자기가 말해 놓고도 깜짝 놀랐다. 그리 친한 사이도 아닌데 은서 앞에서 못 하는 소리가 없었다. 은서도 처음엔 조금 놀란 듯했다. 홍차를 연거푸 마셨으니까. 그러나 곧 결연한 표정으로 자세를 고쳐 앉았다. 무슨 말이라도 들을 준비가 됐다는 얼굴이었다. 더 말해도 괜찮다는 뜻으로 서윤의 잔에 홍차를 채워 주기까지 했다. 잠시 주저하던 서윤은 잔을 들고 입을 열었다.

"오빠가 죽기 전에… 나한테 뭘 시키려고 했어."

오늘은 정말 이상한 날이다. 아니면 마녀의 가게에 발을 들인 탓일까? 술술 말하는 마법에 걸리기라도 했나 보다. 서윤은 따뜻한 홍차를 한 모금 마셨다. 뛰던 가슴이 조금 가라앉았다.

서윤은 1년 전 오늘을 똑똑히 기억한다. 그날, 초저녁부터 오빠가 자꾸 문자를 보냈다. 처음엔 별 의미 없는 대화였다. 동생을 부려 먹으려는 오빠와 귀찮지만 최대한 말 잘 듣는 동생. 잘 모르고 보면 평범해 보이는 풍경이었다. 하지만 실제로는 오빠 컨디션이 급속도로 나빠지고 있던 시기였다.

그날따라 꽤 회복을 했는지, 오빠는 방에 누워 이것저것 심부름을 시켰다. 부엌에서 물 좀 떠다 달라, 물수건 좀 갖다 달라. 나중에는 나가서 아이스크림 좀 사 달라고 했다. 서윤이 성질이 나서 그만 좀 부려 먹으라고 하자 오빠가 키득거리며 메시지를 남겼다.

이제야 현실 남매 같네ㅋㅋㅋ

뭐래. 진짜 짜증나.

172

오오 김서윤. 수위 올라가는 거 봐? 그래, 짜증 날 때는 짜증도 좀 내고. 그래도 괜찮으니까.

이상한 소리 할 거면 톡 그만 보내. 나 잘 거야.

야, 나 하나만 더 시켜 먹자. 동생 있어서 좋은 게 뭐냐.

어우, 암튼 진상. 됐어! 안 해!

서윤은 더는 오빠의 갑질에 말려들지 않겠다 다짐하며 휴대폰을 꺼 버렸다. 그러곤 침대에 드러누워 책을 읽고 있었는데, 도무지 글자가 눈에 들어오지 않았다. 10분쯤 지났을까. 휴대폰을 켜고 메시지를 보냈다.

뭔데. 시킬 거면 빨리 시켜.

그러나 5분이 지나고 10분이 지나도 답장은 오지 않았다. 처음엔 삐진 줄 알았다. 서윤은 신경 끄고 잠을 청하려 했다. 그런데 자꾸 신경이 쓰여 잠이 오지 않았다. 오빠는 한번 삐지면 오래가니까.

"어우, 진상!"

결국 은서는 자리에서 몸을 일으켰다. 이대로는 마음이 안 좋아서 도무지 잠을 못 잘 것 같았다. 그래서 오빠 방문을 열고 들어갔다. 처음에는 오빠가 잠든 줄 알았다.

가까이 다가가 본 오빠는 숨을 쉬지 않고 있었다.

서윤은 비명을 지르며 엄마를 불렀고, 곧장 구급차가 출동했다. 하지만 시간을 되돌리기엔 이미 늦었다.

그때 오빠가 못다 한 메시지는 무엇일까? 서윤은 정말이지 궁금했다. 마지막 부탁을 들어주지 못했다는 마음이 너무 무거웠다. 그래서 장례를 치르고 얼마 후, 오빠와의 대화창도 지워 버렸다. 하지만 아직도 똑똑히 기억나는 그날의 대화는 여전히 머릿속에서 지워지지 않았다.


서윤은 한참 말하고 나니 후련해졌다. 그와 동시에 부끄러움이 밀려왔다.

"쓸데없는 소릴 해 버렸네."

"아니야! 오히려 고마운걸. 나한테 이런 얘길 해 줘서."

뭔가 닭살 돋는 분위기가 연출됐다. 민망해지려던 찰나, 은서가 자리에서 일어났다. 한쪽에 마련된 오래된 전자기기 사이에서 휴대폰 하나를 꺼내 들었다.

"마법의 스마트폰인데, 써 볼래?"

"마법의 스마트폰? 그런 것도 있어?"

서윤이 관심을 가지자 은서가 활기를 띠며 설명을 이어갔다. 일명 '가까워톡 스마트폰'이라 불리는 이것은 원하는 사람과의 채팅을 가능하게 해 준다고 했다. 유심에 간절한 마음을 담아 정보를 입력하면 그 사람과 연결을 해 준다는데….

"꽤 비싼 마법 제품인데, 내가 선물할게."

은서의 말이 고맙긴 했지만 서윤은 의심의 눈초리를 지울 수는 없었다.

"인공지능 서비스 같은 건가? 대상의 빅데이터를 모아서 그럴싸하게 따라하는?"

그러나 은서는 의심하면 안 된다고 했다. 간절히 믿고 바라야만 마법이 제대로 작동할 거라며, 제발 믿어 달라고 했다. 서윤은 알겠다고 했다.

"그런데 죽은 사람도 되는 거야?"

"그건 네가 마음먹기에 달렸어. 해 볼래?"

까짓것 해 보자 싶었다. 서윤이 고개를 끄덕이자 은서가 얼른 노트북을 들고 왔다. 은서는 잠시만 기다리라더니 노트북에 유심 리더기를 연결하고 이것저것 정보를 입력했다. 그러곤 마지막으로 질문을 던졌다.

"너, 정말로 오빠랑 대화하고 싶은 거 맞지?"

만약 오빠와 대화할 수 있다면 무슨 말을 해야 할까? 갑자기 아무 생각이 안 났다. 오빠가 '너 때문에 내가 목숨을 잃었다'고 말할까 봐 덜컥 겁이 나기도 했다. 그날 서윤이 조금만 상냥했어도 오빠의 응급 상황을 조금 더 일찍 알아차렸을 텐데. 그랬다면 오빠는 아직 살아 있을지도 모르는데.

"서윤아?"

생각에 빠져 있던 서윤이 퍼뜩 정신을 차렸다.

"오빠랑 대화하고 싶냐고."

망설이던 서윤은 고개를 끄덕였다. 어떤 말을 듣게 되더라도, 일단은 듣고 싶었다.

"응. 하고 싶어."

은서는 오빠에 대한 정보를 몇 가지 더 물었고, 마침내 완료 됐다며 유심 칩을 휴대폰에 꽂아 건네줬다.

휴대폰을 손에 쥔 서윤에게 은서가 몇 가지 당부 사항을 말했다. 첫째, 사용자 외 다른 사람에게 빌려줘서는 안 된다는 것. 그리고 둘째, 마녀의 마법과 관련해서는 누군가에게 발설해선 안 된다는 것.

"마지막으로 셋째, 아쉽겠지만 제한 시간이 있으니 그 시간 안에 할 수 있는 한 많은 대화를 나눠."

주어진 시간은 30분이었다. 이를 지키지 않으면 어떤 문제가 생길지 자신도 모른다며 은서는 사용 안내를 마쳤다. 때마침 출입문이 열리더니 할머니가 방금 세수한 듯 해사한 얼굴로 돌아왔다.

"굼벵이 배설물로 만든 비누야!"

할머니는 행복한 굼벵이가 양껏 먹고 싼 배설물은 저주 푸는 효과가 탁월하다며 집에 가서 써 보라고 하나를 챙겨 줬다. 굼벵이 똥이라니. 냄새가 나지 않을까 걱정이 됐지만 앞에선 고맙다고 인사했다. 등 뒤로 오소소 소름이 돋은 건 어쩔 수 없었다.

*

굼벵이 배설물 비누는 다행히 끔찍하진 않았다. 그다지 믿음이 가지 않았고 눈살이 찌푸려지긴 했지만, 향긋한 냄새가 나서 부담이 덜했다. 비누로 세수를 하자 화가 난 듯 붉었던 피부가 가라앉은 것 같기도 하고… 실은 잘 모르겠다. 서윤은 한숨을 내쉬며 화장실에서 나왔다.

방으로 돌아오면서 서윤은 현관을 힐끗했다. 아빠는 오늘도 늦을 모양이다. 오빠 기일이니 더 그럴 것이다. 안방 문은 아까부터 굳게 닫혀 있다. 엄마는 안방에서 나오지 않을 것이다.

어느덧 늦은 밤이었다. 1년 전 오늘처럼, 서윤은 침대 위에 드러누웠다. 손에는 낮에 받은 '가까워톡 스마트폰'을 든 채.

은서 말이 진짜일까? 켜 보지 않고서는 알 수 없는 일이다. 휴대폰을 켜면 딱 30분만 사용할 수 있다. 그러니 켜기 전에 최대한 많은 말을 생각해야 한다. 여태 전하지 못한 가족 소식이라든가, 오빠에게 미안했던 마음이라든가. 어떤 말을 먼저 꺼낼까?

'엄마 아빠는 오빠 때문에 많이 슬퍼하셔.'

아니다. 굳이 이런 말을 할 필요는 없겠지.

'오빠는 지금 어디에 있는 거야? 거긴 지낼 만해?'

이것도 별로다.

고민 끝에 몇 가지 말을 추려 냈다. 오빠가 떠나서 많이 슬프지만 우리 가족은 힘내서 잘 살아가고 있다는 하얀 거짓말. 그리고 오빠의 부재는 많이 무거워서 오래도록 잊지 못할 것이라는 무거운 진심. 오빠를 죽게 내버려두어 미안하다는 말도 꼭 전하리라 다짐했다.

휴대폰을 켜자 사람 이모티콘이 어깨동무를 하고 있는 로고가 나왔다. 곧 바탕화면이 떴다. 화면 구성은 간단했다. 가까워톡 어플 하나가 다였으니까. 어플을 실행하고 친구 목록을 확인했다. 목록이 텅 비어 있었다. '내 프로필'에는 사진 없이 '김서윤'이라는 이름 세 글자만 쓰여 있었다.

우선 친구 등록부터 하라고 했지? 서윤은 등록 탭을 누르고 오빠의 옛 전화번호를 눌렀다. 입력을 하면서도 믿어지지가 않았다. 진짜 될까? 마침내 완료 탭을 누르자 목록에 프로필 하나가 떴다.

김서우.

세상에, 정말로 나타났다.

오빠의 상태 메시지는 이러했다.

'널 기억할게.'

프로필 사진은 몽이와 함께 찍은 거였다. 서윤은 떨리는 손으로 대화창을 열었다. 그때, 메시지 한 줄이 창에 떠올랐다.

하나만 더 부려 먹자니까.

갑작스러운 메시지에 가슴이 철렁 내려앉았다. 서윤은 입술을 질끈 깨물었다. 뭐라고 답장하지? 잠시 고민하다가 메시지를 썼다.

누구세요?

일단은 확인이 먼저였다. 누가 장난치는 걸지도 모르니까.

진짜 왜 이러세요. 누구세요라니. 그렇게 싫어?

가서 내 곤충 표본함도 찾아 줘. 창고에 있을 건데.

메시지가 연달아 왔다. 서윤은 표본함 얘기에 깜짝 놀랐다. 오빠가 아니면 표본함에 대해서 알 리가 없다. 오빠가 혼자 힘으로 만들고 싶다고 억지를 부려서 겨우 만든, 아주 소중한 보물이었으니까. 서윤은 침을 꿀꺽 삼키고 채팅을 이어 나갔다.

표본함은 갑자기 왜?

왜는. 보고 싶으니까 그렇지.

알았어. 기다려 봐.

의심은 여전히 사라지지 않았지만, 서윤은 우선 방문을 열고 나갔다. 불이 꺼져 어두컴컴한 거실을 지나 주방 옆 창고로 갔다. 곤충채집 관련 물품은 오빠 말대로 창고에 있었다. 그러나 아무리 찾아도 표본함은 보이지 않았다. 서윤은 다시 휴대폰을 들고 메시지를 보냈다.

어디 있는 거야? 찾아도 없는데?

잘 찾아 봐. 있다니까.

아무리 찾아도 없어.

있거든? 파란 상자 있지? 거기 있을 거야.

창고를 뒤지면서도 이게 뭐 하는 짓인가 싶었다. 한편 간절해야 한다던 은서 말도 떠올랐다. 다행히 곤충 표본함은 오빠가 알려 준 상자에 있었다. 오빠에게 찾았다고 메시지를 보냈을 때였다.

그거 너 가져. 생각해 보니 떠나면서 너한테
선물 하나 주지 못했더라고.

처음엔 오빠의 말이 바로 이해되지 않았다.

선물이라니? 그리고 떠나긴 어딜 떠나?

잠시 정적이 흘렀다. 서윤이 재차 물으려던 찰나, 메시지 하나가 올라왔다. 그 메시지를 읽고 서윤은 휴대폰을 떨어뜨릴 뻔했다.

미안해할 필요 없어. 그날 내가 숨 쉬지 못한 건 떠날 때가
되어서지, 네 잘못이 아니니까.

정신이 번쩍 들었다.
'오빠⋯ 다 알고 있었던 거야?'
갑자기 서윤의 눈앞이 뿌옇게 흐려졌다.
오빠의 메시지는 끊이지 않고 도착했다. 어디서든 지켜보고 있을 테니 아빠, 엄마와 행복하게 지내라는 둥, 너와 함께 보낸 시간을 잊지 않을 거라는 둥.
아픈 오빠가 부끄러워서 어떻게든 숨기려고만 했는데, 그런

데 오빠는 서윤을 자랑스러워했다는 말에 서윤의 눈에서 굵은
눈물이 뚝 떨어졌다.

> 힘들 때도 있었지만, 나 정말 재밌었거든. 엄마랑 아빠랑 몽이랑,
> 그리고 너랑. 진짜야.

서윤의 작은 어깨가 소리 없이 들썩였다.

그때로 돌아갈 수만 있다면, 다시 오빠를 볼 수만 있다면 오
빠가 해 달라는 건 뭐든 들어줄 텐데. 산책도 시켜 주고, 매미도
잡아 줄 거다. 곤충 표본함도 같이 만들고, 엄마 몰래 같이 라면
도 끓여 먹을 거다.

무엇보다도 친구들에게도 당당히 알리고 싶다. 우리 오빠라
고. 세상 누구보다 씩씩하고 행복한 우리 오빠라고. 그런 오빠가
자랑스럽다고.

그런데 이제는 그럴 수가 없다.

> 오빠… 나… 오빠가 너무 보고 싶어….

> 나도. 나도 보고 싶어, 서윤아.

서윤은 끝내 목 놓아 울었다.

사진 한 장이 올라왔다. 언젠가 오빠가 억지로 찍자고 했던,

단둘이 찍은 사진이었다. 서윤은 휴대폰을 소중히 끌어안았다. 곧 연결이 끊겼지만, 서윤은 손에서 휴대폰을 놓을 수가 없었다.

*

놀랍게도 굼벵이 비누는 효과가 있었다. 사용한 다음 날부터 붉은 반점이 점차 사라지기 시작했다. 이틀이 지나자 반점은 언제 그랬냐는 듯 말끔히 사라졌다.

정말로 저주였던 걸까? 비누가 저주를 풀어 준 걸까? 알 수 없는 일이지만, 감사 인사는 하고 싶었다. 서윤은 홍차와 마카롱을 사서 아틀리에에 들렀다.

"이렇게 빨리 저주가 풀렸어?"

할머니도 비누 효과에 깜짝 놀랐다. 은서도 어안이 벙벙한 표정이었다.

"최소 한 달은 걸릴 줄 알았는데…. 비결이 뭐야?"

서윤은 어깨를 으쓱했다. 특별히 뭘 더 한 건 없으니까. 평소와 달랐던 점을 굳이 찾자면 하나 있긴 했다.

"그냥… 엄청 운 거?"

"맞아, 그랬지. 다음 날 봤을 때, 너 눈이 엄청 부어 있었어. 오빠랑 연락한 거지?"

서윤은 고개를 끄덕였다.

"밤에도 눈물이 나서 잘 수가 없었어. 손수건이 흠뻑 젖어 물이 뚝뚝 떨어질 정도였으니까."

"손수건?"

"응, 손수건. 아, 맞다! 안 그래도 가져왔어."

서윤은 가방을 뒤져 주황색 무늬가 새겨진 손수건을 꺼냈다.

"이거 네 거 맞지?"

손수건을 확인한 은서가 당황한 듯 입을 다물지 못했다.

"왜 그래? 네 거 아니야?"

"내 거 맞긴 한데… 이거 어디서 났어?"

"전에 화장실에서 너 넘어졌을 때, 그때 네가 흘렸나 봐. 어떤 애가 주워서 버리려는 거 내가 달라고 해서 가지고 있었어. 그때 줬어야 하는데, 깜빡했네. 미안, 많이 찾고 있었어?"

"아니, 그건 아닌데…."

은서가 맥 빠진 얼굴을 하자, 역시나 황당한 표정을 짓고 있던 할머니가 크게 웃음을 터뜨렸다. 은서도 피식 웃음을 흘리더니 할머니를 따라 웃었다. 서윤은 어리둥절할 뿐이었다.

은서는 실은 손수건이 할머니 건데, 학교에 가져갔다가 잃어버렸다고 했다. 누군가에게 전해 주려고 했는데, 이젠 그럴 필요가 없어졌다고.

"선물이었구나. 어떡해? 그것도 모르고 내가 써 버려서."

은서가 고개를 도리도리 저었다.

"너 주려고 했던 거야. 네 저주 풀어 주려고."

"나?"

예전이었다면 허무맹랑하다고 여겼을 말이지만, 서윤은 이제 그 말이 진짜임을 믿게 됐다. 은서의 말을 믿지 않으면 오빠와 나눈 대화는 뭐란 말인가? 그게 가짜라고 생각하지 않기에, 은서의 말도 모두 사실이었다.

은서는 미안하다는 사과도 덧붙였다. 서윤이 붉은 반점을 얻게 된 건 아틀리에 문고리에 붙어 있던 저주 때문이라면서, 자기 잘못이라고 했다. 서윤은 강하게 부인했다.

"그게 왜 네 잘못이야?"

"내가 좀 그래. 저주 덩어리라 엮이면 곤란해져."

그러면서 한다는 말이, 그 옛날 서윤이 전학 와서 사귄 첫 친구가 하필 자신이라 불운한 일들이 잇따랐다는 거다. 심지어 몽이가 죽은 것도 자기 탓으로 돌렸다. 자신을 모른 척하는 게 서운해서 서윤을 저주했는데, 그 저주가 풀리지 않고 지금까지 이어진 걸지도 모른다고 말이다.

말도 안 되는 소리였다.

"네가 왜 저주 덩어리야? 복덩어린데."

모든 행운과 불행은 어디까지나 서윤의 선택이었다. 붉은 반점이 생긴 것도 사고지 은서의 저주로 인한 게 아니다. 몽이의 죽음 또한 은서와는 무관하다. 몽이는 죽을 때가 되어서 죽은 거지 택배 차에 치인 게 아니다. 어쩌면 몽이는 신나게 뛰어놀다

떠난 걸지도 모른다. 심장이 안 좋다는 이유로 뛰지 못하게 했으니까.

서윤은 그렇게 생각하기로 했다. 오빠가 그렇게 말했으니까.

"그러니까 너도 네 탓이라고 생각하지 마. 나도 내 탓이라고 생각 안 하려고."

서윤의 말에 눈빛이 흔들리던 은서가 고개를 떨구었다.

"응, 고마워."

서윤은 오빠가 남긴 메시지를 떠올렸다. 이 세상에서 지내는 동안 즐거웠다는 그 말이 얼마나 위로가 되었는지.

부모님에게도 오빠의 말을 전했다. 물론 비밀 엄수의 규칙을 지키기 위해 다 말하진 못했다. 그래도 오빠의 진심을 전하고 싶었다. 오빠가 엄마 아빠 덕분에 행복했을 거라는 말에 두 분은 말없이 눈물만 흘렸다. 그렇다고 오빠가 살아 돌아오는 건 아니니, 두 분이 슬픔의 터널 속에서 돌아오는 건 아직 먼 일일지도 모르겠다.

그런데 오늘 아침에 약간의 변화가 생겼다. 새벽부터 부스럭거리는 소리에 눈을 떴다. 엄마가 주방에서 국을 끓이고 있었다. 오빠가 좋아하던 미역국이었다.

이 모든 것이 은서와의 만남 덕분에 시작된 일일지도 모른다. 그러니 은서는 복덩어리다.

서윤은 은서에게 가까워톡 스마트폰을 돌려주었다. 집에서 가져온 물건도 내놓았다.

"혹시 팔아 주실 수 있을까요?"

서윤이 할머니에게 가져온 건 다름 아닌 오빠의 곤충 표본함이었다.

"오빠가 선물로 준 거예요."

은서가 심각해진 얼굴로 손사래를 쳤다.

"이 소중한 걸 왜 팔아?

그러나 서윤은 자신에게 표본함을 맡긴 오빠의 진짜 뜻을 잘 알고 있었다.

표본함을 만들어 파는 사람들이 있었다. 취미를 통해 돈도 버니 일석이조였는데, 오빠가 옛날부터 그걸 하고 싶어 했다. 엄마 아빠는 죽은 곤충을 뭐 하러 사 가겠느냐고 반대했지만, 오빠는 모르는 소리 말라고 했다. 죽은 게 아니라고, 오래 살다 영혼은 하늘로 가고 육체만 땅에 남겨 둔 거라고 했다.

서윤이 표본함을 쓰다듬으며 말했다.

"호랑이는 죽어서 가죽을 남기고 곤충은 껍데기를 남긴대."

오빠가 가족들 앞에서 한 말이기도 했다. 그러면서 자긴 죽어서 무얼 남기면 좋겠냐고 물었다. 부모님은 화들짝 놀라며 네가 남기긴 뭘 남기냐고, 오래오래 살 거라고 했다. 하지만 오빠는 자신이 무얼 남길 수 있을지 그 후로도 골똘히 고민하는 듯했다.

한번은 오빠가 답을 정했다고 말해 준 적이 있다.

'나는, 세상에, 기억을, 남길, 거야.'

그러곤 뜬금없이 사진을 찍자고 떼를 썼다. 서윤에게 보내 준 그 사진 말이다. 그날은 억지로 사진을 찍었지만, 돌이켜 보니 오빠의 고집에 당한 게 천만다행이라는 생각이 들었다.

"좋아, 팔아 주지!"

할머니가 흔쾌히 승낙했다. 서윤은 표본함 값으로 돈 대신 다른 걸 요구했다.

"이거 하나면 충분해요."

서윤이 고른 건 작은 액자였다. 오빠가 보내 준 사진을 출력해 책상 위에 올려 둘 것이다. 오빠의 환한 미소를 매일 보고 싶었다. 서윤은 창밖을 내다보았다.

'어서 여름이 왔으면.'

다시 크게 울어 댈 매미를 보게 되면 묻고 싶었다. 네 굼벵이의 시간은 행복했냐고.

우리 오빠만큼이나 즐거웠냐고.

우리들의

마녀 아틀리에

서윤의 저주가 풀리다니. 은서는 기쁨을 감출 수가 없었다. 그 애의 빨간 반점을 볼 때마다 자기 탓인 것만 같아 마음이 무거웠는데 한시름 덜게 되었다. 이로써 마녀 수업도 더는 필요 없게 됐다. 그런데 뜬금없게도 어느 날 은서에게 마녀의 증표가 생겼다. 다름 아닌 '마법 대걸레'였다. 은서는 조금 맥이 빠졌다.

"마녀의 증표치고는 모양새가 좀….."

할머니는 모르는 소리 말라고 했다.

"마녀가 부릴 수 있는 가장 멋진 마법 중 하나는 하늘을 나는 거야. 그 대걸레는 하늘을 나는 힘이 있다고."

하늘을 나는 빗자루는 들어 봤어도 대걸레라니. 물론 할머니 말처럼 대걸레는 공중에 뜰 수 있었다. 시도해 보진 않았지만, 균형만 잘 잡으면 그 위에 올라타 날 수 있을 것이다. 대걸레는 멀리서 부르면 마치 원격 조종 드론처럼 은서가 있는 곳까지 날아오기도 했다. 할머니는 청소할 때 편하겠다며 크게 웃었다. 그러나 은서에게는 쓸모없는 기능이었다. 하늘을 난다는 게 일면 황홀해 보이긴 하지만, 안전장치도 없이 날았다가 떨어지면 어쩌려고? 덜컥 겁부터 나는 게 현실이었다.

어쩌다 대걸레가 마녀의 증표가 됐을까? 생각해 보면 당연한 일일지도 모른다. 할머니 말에 따르면 간절한 마음은 사물에 깃들기도 한다. 은서의 일상을 돌이켜 보면, 대걸레에 진심이 부여될 만했다.

은서가 아틀리에에 도착하면 가장 먼저 하는 일이 대걸레를 잡고 청소하는 것이다. 아틀리에에 드나드는 두 달여 시간 동안, 은서는 속으로 빌고 또 빌었다. 하람이 학교 폭력에서 벗어나기를. 서윤이 슬픔에서 일어나기를. 그 애들에게 진심으로 보탬이 되고 싶었다. 은서의 간절한 마음을 대걸레가 흡수한 건 아닐까?

할머니는 대걸레를 마법 지팡이처럼 쓸 수도 있다고 했다.

"자, 이걸 잡고 흔들어 봐."

할머니가 대걸레를 거꾸로 잡고 빙글빙글 돌렸다. 할머니의 손동작에 대걸레가 산발이 된 머리처럼 흔들렸다.

"이렇게 하면서 외치는 거야, 아바다 케다브라!"

"그건 사람 해치는 주문 아닌가요?"

할머니가 어색하게 웃었다.

"그렇지. 이런 마법은 쓰지 않는 게 좋아. 다른 마법 주문을 알려 주지. 비비디 바비디 부!"

아무 일도 일어나지 않았다. 할머니가 머쓱한지 머리를 긁적였다.

"간절한 마음을 실어 외쳐 봐. 그럼 이루어질 거야."

하지만 은서는 아직도 잘 믿어지지 않았다.

"정말로 이루어질까요?"

"이런 믿음 없는 자 같으니."

할머니가 답답하다는 듯 혀를 찼다.

"이루어졌잖아. 보고도 못 믿겠어?"

할머니 말이 맞다. 하람은 도준의 괴롭힘에서 마침내 벗어났다. 도준은 결국 다른 학교로 전학을 갔고, 하람에겐 평화가 찾아왔다. 서윤도 마찬가지였다. 오빠에 대한 미안함을 떨치고 한결 표정이 가벼워졌다. 서윤은 오빠를 기릴 수 있는 지금이 무척이나 행복하다고 했다. 서윤과 은서가 다시 가까워진 건 두말하면 잔소리다.

그럼 된 거 아닌가? 이만하면 소원은 이루어졌다고 할 수 있다. 그런데도 여전히 사라지지 않는 불안함이 남아 있었다. 대체 뭘까, 이 불안함의 정체는.

할머니가 은서의 곁으로 다가와 어깨동무를 했다.

"아직도 네가 저주 덩어리라고 생각하는 건 아니겠지?"

생각을 들킨 것 같아 은서는 목이 움츠러들었다.

"안 하고 싶은데, 그게 잘 안 돼요."

"그럴 거야. 여태 그렇게 살았으니까. 하지만 상처를 곱씹는
건 그리 좋은 방법이 아니야. 한번 아팠으면 끝! 툴툴 털어 내야
지 계속 과거에 사로잡혀 있다간 자신을 갉아먹고 말아. 이제부
턴 조금 다르게 생각해 보는 건 어떨까?"

"다르게… 어떻게요?"

은서는 답을 구하는 심정으로 할머니를 올려다보았다. 할머
니의 두 눈이 마음을 꿰뚫듯 은서를 빤히 바라보았다.

"방법은 쉬워. 미루어 짐작하지 말고 있는 그대로를 봐. 그럼
사람들의 진심을 알게 될 거야. 세상은 생각보다 너에게 호의적
일지도 몰라."

*

할머니의 말은 아리송함만 더했다. 미루어 짐작하지 말라는
말이 도대체 무슨 뜻이냐고 물었지만, 할머니는 그건 네가 알아
내야 할 몫이라고 했다.

영어 시간에도 은서는 수업이 귀에 들어오지 않았다.

'사람들의 진심… 진심… 진심….'

책 모퉁이에 '진심'이라는 글자를 몇 번이고 덧썼다. 그러다
미니 샘이 질문을 했을 때는 전혀 엉뚱한 대답을 하는 바람에 지

적을 받기도 했다.

수업이 끝난 쉬는 시간에도 미니 샘은 곧바로 교실을 나가지 않고 은서에게 다가왔다. 선생님이 부루퉁한 얼굴로 말했다.

"은서야, 너 오늘 영혼이 가출한 것 같아."

"아… 죄송해요."

은서가 고개를 꾸벅 숙이자 선생님이 손사래를 쳤다.

"죄송하라고 물어본 거 아냐. 걱정돼서. 무슨 일 있는 거야?"

도준의 학교 폭력 사건 이후, 미니 샘은 은서와 아이들을 볼 때마다 안쓰러워했다. 그간 얼마나 힘들었냐며, 왜 말하지 않았냐고 했는데 은서는 오히려 미니 샘이 마음 쓰였다. 미니 샘은 아이들을 볼 때마다 미안해하고 있었다. 그럴 필요가 전혀 없는데.

학교 폭력이 일어난 건 선생님 잘못이 아니다. 선생님은 아이들을 지키기 위해 최선을 다했다. 그렇지만 선생님 힘으로도 할 수 없는 것들은 많다. 이번 사건은 잘 풀린 경우라고 할 수 있다. 또다시 이런 일이 반복되지 말라는 법은 없었고, 그때도 선생님 힘만으로는 문제를 막기 힘들 것이다. 결국은 아이들과 선생님이 힘을 합쳐야 하지 않을까?

선생님이 주변을 둘러보며 아이들 눈치를 보더니 주머니에서 무언가를 꺼냈다. 아이들은 자기들끼리 이야기를 주고받느라 은서와 선생님에겐 별 관심이 없었다. 선생님이 은서 손에 무언가를 쥐어 주며 작게 속삭였다.

우리들의 마녀 아틀리에

"힘든 일 있으면 언제든 선생님한테 말해. 선생님은 네 말에 귀 기울일 시간과 간식을 준비하고 있으니까."

바스락거리면서도 까끌까끌한 감촉이 느껴졌다. 은서는 조심스레 손을 펼쳐보았다. 끝이 살짝 구겨진 미니 초코 바가 모습을 드러냈다. 앙증맞은 모습이 꼭 미니 샘 같았다. 은서는 저도 모르게 입꼬리가 올라갔다.

"감사합니다."

미니 샘이 은서 옆구리를 살짝 찔렀다.

"감사하면 다음부터는 수업 시간에 집중하기! 알겠지?"

은서가 얼굴을 붉히며 고개를 끄덕이자 선생님도 빙그레 웃었다. 미니 샘은 은서 어깨를 다독이고는 걸음을 돌렸다.

"다음 시간에 보자. 선생님 간다."

선생님이 교실을 나가고, 은서는 아직 선생님의 온기가 남은 미니 초코 바를 만지작거렸다. 한울중 학생치고 이 브랜드 초코 바를 하나 이상 받아 보지 않은 사람이 있을까? 선생님 책상 밑에는 초코 바가 동나는 날이 없었다. 미니 샘은 수업 시간에도 바구니에 초코 바를 잔뜩 담아 들고 다니며 태도 좋은 아이들에게 나눠 주었다. 물론 못 하는 아이들에게도 채찍 대신 초코바를 내밀었다. 그런 미니 샘의 한결같음을 아이들은 잘 이용해 먹었다. 배가 고플 때면 선생님을 찾아가 손을 내밀었고, 그 위에는 언제나 초코 바가 얹어졌다.

그래서인지 선생님의 초코 바는 대접을 받지 못한다. 아이들은 고마워할 줄을 몰랐다. 당연하다는 듯이 요구를 했다. 은서는 그게 못마땅했다. 선생님이 초코 바를 아꼈으면 했다. 잘하는 아이들에게만 주면 훨씬 효과적이고, 또 고마워할 텐데. 은서 같은 아이에게 초코 바를 건네는 건 쓸모없는 일 아닌가? 초코 바를 받는다고 해서 은서의 수업 태도가 획기적으로 좋아지거나 공부를 잘하게 되지도 않을 텐데.

미니 샘이 신경 써 주는 게 싫지는 않았다. 다만, 조금 의아할 뿐이었다. 그리고 오늘은 그 궁금증을 풀고 싶었다.

은서는 얼른 교실을 나가 복도 좌우를 살폈다. 마침 계단을 내려가려는 선생님의 뒷모습이 눈에 들어왔다. 은서는 서둘러 달려가 선생님을 불렀다.

"선생님!"

선생님이 고개를 돌렸다. 은서는 빠르게 다가가 선생님 앞에 섰다.

"궁금한 게 있어요."

"오, 드디어 공부에 관심이 생긴 걸까? 뭔데?"

미니 샘이 눈썹을 들어 올리며 신이 난 표정을 지었다.

"선생님, 저한테 왜 이러세요?"

"응? 무슨 말이야?"

"이거요."

우리들의 마녀 아틀리에

은서가 초코 바를 내밀었다.

"저한테 왜 이런 거 주세요?"

초코 바뿐 아니었다. 선생님은 사사건건 신경을 썼다. 오늘은 왜 늦었니, 머리는 좀 자르는 게 어떻겠니, 공부에 신경 써야 하지 않겠니. 선생님은 짜증 내는 일 한 번 없이 언제나 같은 목소리 같은 표정으로 물었다. 은서가 진심으로 궁금하다는 듯이.

"저는 잘하는 게 없잖아요. 이런 거 받을 자격이 없는데."

미니 샘이 황당하다는 듯 콧김을 뿜었다.

"자격이 왜 없어? 넌 내 제자인데."

"제자요?"

할머니의 제자가 된 지 얼마 안 됐는데, 또 제자란 말인가? 미니 샘이 섭섭하다는 듯 눈썹을 찌푸렸다.

"제자 중에서도 넌 특별 제자야."

"네? 왜요?"

특별 제자는 특별히 잘해야 될 수 있는 거다. 반면 은서는 공부도 못하고, 외톨이인 데다가, 백반증과 저주로 똘똘 뭉쳐 있다.

"너에게는 내가 특별해질 수 있을 것 같으니까."

미니 샘이 자기 바구니에 든 초코 바를 하나 꺼내 들었다.

"다른 아이들에게는 보잘것없는 이 초코 바가 너한테는 특별한 거잖아. 나는 너에게 특별한 선생님이 되고 싶어. 네가 나에게 특별한 제자인 것처럼."

은서는 어쩐지 할 말이 없어졌다. 누군가에게 특별한 존재가 되다는 게 이런 느낌인가? 심장이 찌르르하고, 뱃속이 울렁거리는데도 싫지 않았다.

"엄청… 멋진 말이네요."

은서 표정이 심각해지자 미니 샘이 큭큭 웃음을 흘렸다.

"실은 나도 들은 말이야. 나 6학년 때 담임 선생님한테."

미니 샘은 주변을 살피더니 눈을 가늘게 뜨고 은서에게로 몸을 숙였다.

"비밀인데, 나 사실 6학년 때 담임 선생님하고 절친이었거든. 다른 애들이 나 따돌려서."

은서 눈이 휘둥그레졌다.

"말도 안 돼. 정말요?

선생님이 허리를 펴며 덧붙였다.

"선생님이랑 오후에 남아서 컵라면 먹으면서 게임도 하고 그랬지."

그때를 떠올리는 선생님 눈빛은 그리움으로 가득했다. 선생님이 은서를 향해 선언하듯 말을 이었다.

"아무튼! 나도 너랑 친해질 거야. 앞으로도 피곤하고 귀찮게할지 모르니까 나 너무 피해 다니지 마. 알았지?"

은서는 선생님의 맑은 미소에서 눈길을 뗄 수 없었다. 정말이지 선생님의 눈동자에 푹 빠지고 싶어졌다.

우리들의 마녀 아틀리에

집으로 돌아오는 동안에도 선생님이 건넨 말들이 주위를 둥둥 떠다녔다. 꼭 엄청난 고백이라도 받은 듯했다. 세탁기를 돌리고, 저녁밥을 안치고, 쓰레기 봉투를 전봇대 옆 분리수거장에 내다 놓는 동안에도 문득 문득 선생님 말이 떠올랐다.

해 질 녘의 노을이 하늘을 붉은색과 보랏빛으로 물들였다. 철새 무리가 머리 위를 가로질렀다. 자전거를 타고 지나가는 할아버지, 친구와 축구공을 주고받으며 돌아가는 아이들. 일상적인 하루의 마무리가 전과 다르게 느껴지는 건 왜일까.

누군가의 따뜻한 말 한마디가 한 사람의 하루를 이토록 선명하게 만들 수 있다는 사실이 놀라웠다.

아빠와 저녁을 먹는 내내 기분이 들떴다. 심지어 된장찌개 맛을 본 아빠가 이렇게 칭찬해 주기까지 했으니까.

"역시 우리 딸 솜씨가 최고라니까. 우리 딸 없었으면 아빠는 맨날 라면만 먹었을 거야. 아빠는 똥손이라 뭘 해도 맛없는데."

기분이 좋아진 은서는 자기도 모르게 평소 하지 않던 말을 툭 꺼내고 말았다.

"엄마 닮아서 그런가 보지."

말을 해 놓고 아차 싶었다. 은서는 화들짝 입을 가렸다. 아빠는 사레가 들려 콜록거렸다. 은서가 얼른 물을 떠다 주자 아빠는 물을 꿀꺽꿀꺽 들이켜고는 잔을 내려놓았다. 기침을 해서 시뻘게진 눈이 동그랗게 커져 있었다. 은서는 과장되게 웃으며 자기 머리를 툭툭 쳤다.

"미안. 오늘 학교에서 기분 좋은 일이 있었거든. 그래서 말이 막 헛나오네."

아빠는 침을 삼키는지 목울대가 꿀렁 움직였을 뿐 말이 없었다. 은서는 아빠의 시선을 피해 젓가락만 열심히 움직였다.

"먹고 후식도 먹자. 마트에서 과일을 싸게 팔더라고. 그래서 좀 사 왔는데…."

"은서야."

아빠의 진지한 목소리에 은서는 손을 멈추었다. 입안 가득한 밥이 꾸역꾸역 흘러나오는 것 같았다. 은서는 억지로 밥을 삼키고 물을 마셨다. 꽉 막힌 가슴은 물 한 모금 넘기는데도 아팠다.

"너, 엄마가 궁금해?"

"아니. 안 궁금해."

괜한 소리를 했다. 하필 미니 샘의 기운이 은서 안에 흘러넘쳐서 평소라면 절대 하지 않았을 말을 하고 말았다. 할 수만 있다면 자기 머리를 마구 쥐어박고 싶었다. 은서는 차마 아빠 앞이라 그러지는 못하고 딴소리로 분위기를 바꿔 보려 했다.

"아빠, 근데 찌개 좀 짜지 않아? 된장을 너무 많이 넣었나."

아빠 표정은 변함없이 어두웠다.

"엄마가 궁금하냐고."

"아니래도…."

은서는 식탁 아래에서 주먹을 꼭 쥐었다. 손이 부들부들 떨렸다. 아빠가 작게 탄식을 흘렸다.

궁금하지 않다고 하면 거짓말이다. 실은 궁금했지만 스스로를 속여 왔다. 어릴 때는 아빠 몰래 아빠 휴대폰을 훔쳐본 적도 있었다. 혹시나 엄마와 연락을 하고 있지는 않을까 해서. 아니면 사진이라도 한 장 있을까 해서. 그러나 엄마의 흔적은 눈 씻고 찾아봐도 찾을 수 없었다.

아빠에게 엄마는 없는 사람이었다. 얼마나 큰 상처를 받았으면 그럴까 싶었다. 그래서 아빠 앞에서는 엄마의 '엄' 자도 꺼내지 않았는데, 오늘은 무슨 바람이 불어 엄마에 관해 물은 건지.

아빠가 물을 벌컥벌컥 들이켰다. 이내 결심이 섰는지 표정이 한결 가벼워졌다.

"아빠한테는 미운 아내이지만, 너에게까지 그걸 강요할 수는 없으니까."

"…"

"많이 궁금했을 것 같아. 여태 말해 주지 못해서 미안해. 전에는 아빠도 말할 준비가 안 되어 있어서 못 했어. 그런데 오늘은 할 수 있을 것 같아."

은서는 마른침을 삼켰다.

"무슨 말을 하려고?"

가슴이 두근거렸다. 아빠는 저 먼 시간 너머를 바라보듯 아득한 눈빛으로 입을 열었다.

고양이를 몹시 좋아했던 엄마. 엄마는 고양이를 꽤 많이 길렀는데, 주로 길고양이들을 데려다 길렀다. 아빠는 엄마를 사랑했기에 엄마가 아끼던 고양이들까지도 사랑하기로 했다. 그러나 알다시피 아빠는 고양이 알레르기가 심해 꽤나 콧물을 흘려야 했다.

엄마는 머리가 흑단처럼 검고, 눈이 예쁜 사람이었다. 성격이 조금 까칠하고 제멋대로일 때가 있었지만, 아빠는 얼마든지 맞출 수 있었다고 한다. 아빠는 엄마를 사랑했으니까.

성격이 조금 드세고, 고양이를 좋아하고, 그러다 은서를 낳고 홀쩍 떠나 버린 엄마. 아빠는 그런 엄마가 미워졌다고 한다.

"엄마는 자기 삶이 가장 소중한 사람이었던 것 같아."

아빠 말에 은서는 동의한다는 뜻으로 고개를 끄덕였다. 은서를 바라보는 아빠 눈빛에 안쓰러움이 가득 묻어났다.

"엄마가 떠나서 속상해?"

"전혀. 나도 엄마가 하나도 소중하지 않거든."

아까까지만 해도 좋았던 기분이 싹 가라앉았다. 괜히 시간 낭비만 한 것 같았다. 은서는 작게 한숨을 내쉬며 숟가락을 들었다. 밥에 찌개를 덜어 슥슥 비볐다. 한 숟갈 크게 입에 밀어 넣고 우물우물 씹는데, 한숨이 나왔다. 밥알 삼키기가 힘들었다. 은서가 숟가락을 내려놓자 아빠가 옅은 웃음을 흘렸다.

우리들의 마녀 아틀리에

"엄마한테서 가끔 연락 와."

은서가 버럭 소리를 높였다.

"왜? 웃겨, 정말. 떠났으면 그만이지!"

열을 내느라 밥풀을 튀기던 은서는 아빠의 다음 말에 입을 꾹 다물었다.

"네가 궁금하대. 잘 크고 있는지."

"어?"

"엄마 너무 미워하지 마. 언젠가는 만날 날이 오겠지."

은서는 곰곰이 생각해 봤다. 엄마가 만나자고 하면 만나 줄까, 말까? 아무리 생각해도 지금으로서는 '노'다. 엄마가 미워서인 것도 있지만, 막상 만나면 아무 말도 못 할 것 같아서.

"네 엄마도 자기 인생 살아야지. 조금만 기다려 줘."

아빠는 마음이 넓은 건지 속이 없는 건지 모르겠다.

"아빠는 나 때문에 아빠 인생 못 살아서 어떡해?"

아빠도 하고 싶은 게 많고, 행복한 가정을 이루고 싶었을 텐데. 지금이라도 재혼해서 알콩달콩 살고 싶지 않을까? 그게 못내 미안했다. 아빠는 사서 걱정하지 말라고 했다.

"아빠는 네가 아빠 딸인 걸 감사하게 생각해. 엄마에게도 널 낳아 준 것만은 고맙게 생각하고. 아빠가 엄마를 미워하는 건, 너하고는 상관없는 문제야."

은서는 아빠의 미움이 그리움과 닿아 있는 게 아닌가 하는 생각이 들었다. 은서가 그랬으니까. 아빠가 실은 엄마를 미워하는 게 아니라 사랑하고 있다는 것을 알 것 같았다. 엄마 아빠의 사랑 안에서 태어났음이 사뭇 다행이라는 생각이 들었다.

*

은서는 한 달 용돈을 탈탈 털어 피자를 샀다. 휴대폰 번호는 어떻게 안 건지 할머니가 서윤과 하람에게도 피자 먹으러 오라고 연락을 했다. 그 바람에 피자를 한 판 더 시켜야 하나 했지만, 돈이 모자랐다.

"콩 한 쪽도 나눠 먹으라고 그랬어. 한 판이면 충분해."

할머니가 피자 조각을 하나씩 나누어 주며 말했다. 하람은 웬 떡이냐는 눈으로 피자를 받아 들었다.

"잘 먹겠습니다!"

서윤도 표정이 환했다.

"잘 먹을게, 은서야."

"뭘. 두 조각씩밖에 못 먹겠다. 아님 내 거 더 먹어."

은서가 자기 몫을 내려놓자 할머니는 쓸데없는 고민 말고 자기 몫은 꼭 챙기라고 했다.

"속없이 퍼 주는 거, 그리 매력적이지 않아. 진짜 마녀가 되려거든 내 것도 잘 챙겨야 하는 법이야."

친구들 앞에서 마녀라는 말을 하다니. 은서가 놀란 눈을 했지만, 할머니는 개의치 않았다. 서윤과 하람 또한 어제 본 웹툰 얘기라도 하듯 스스럼없었다.

"근데 갑자기 피자는 왜 쏘는 거야?"

하람이 입으로 피자 치즈를 쭉 늘이며 물었다.

"그냥. 내가 먹고 싶어서."

"네가 먹고 싶으면 혼자 먹으면 되지. 왜 우리를 다 불러?"

'엄밀히 말하면 널 부른 건 할머니라고.'

은서는 속으로만 그렇게 생각했다. 사실 할머니가 두 사람을 불러 줘서 좋았다. 둘이 먹는 것보다는 넷이 먹는 게 훨씬 재밌으니까. 이렇게 왁자지껄 둘러앉아 먹는 건 낯선 경험이지만 꽤나 즐거웠다.

시답잖은 얘기들이 오고 갔다. 하람은 아빠가 다시 돼지 저금통에 동전을 모으기 시작했다고 말했다.

"또 나 줄 거냐고 물었더니 절대 아니래."

하람의 아빠는 그 돈으로 무얼 하려는 걸까. 모르긴 해도 사랑하는 사람들을 위해 차곡차곡 모으는 걸 테다. 세탁 솜씨와 꾸준함이 인정을 받아서인지 세탁소 손님도 조금 늘었다고 한다. 그래서 돼지 저금통에 동전이 모이는 속도도 빨라졌다고.

하람은 아빠를 도와 세탁물 배달을 시작했다. 가까운 거리는 걸어서 가고, 먼 거리는 세탁물 보관함이 달린 자전거를 이용했다. 엄마 지갑에서 몰래 빼돌린 돈과 아빠 돼지 저금통 부순 값을 치르기 위해서였다. 엄마에게 잘못을 털어놓았더니 엄마가 제안한 벌칙 같은 거였다. 하람은 군말 없이 받아들였다.

"나는 세탁물이 그렇게 무거운 줄 몰랐어."

돈 버는 게 쉽지 않다는 걸 느낀 하람은 수업 시간이 전과 다르게 소중하게 느껴진다고 했다. 아직 꿈은 없지만 뭐가 되든 되고 싶다고, 자기 앞가림은 할 줄 아는 책임감 있는 사람이 되고 싶다고 했다. 그래서 공부도 열심히 할 작정이라고.

"너 공부 못하잖아."

서윤이 놀리듯 하는 말에 하람은 발끈하면서도 자신만만하게 말했다.

"난 1등이 목표가 아니라니까. 열심히 하는 게 목표야. 우리 아빠처럼."

은서와 서윤이 눈빛을 주고받았다. 두 사람 마음이 통한 모양이다. 동시에 하람을 향해 오오, 소리를 냈다.

"이열, 오하람 다 컸네."

"그러게. 언제 이렇게 컸대?"

서윤과 은서가 차례로 칭찬을 하자 하람은 쑥스러운지 얼굴이 빨개졌다.

서윤도 달라진 일상을 공유했다.

"주말에 엄마 아빠랑 오빠 있는 데 다녀오려고."

서우의 납골당을 말하는 거였다.

서윤의 부모님은 서우의 죽음을 조금씩 받아들이고 있었다. 하루는 엄마가 인터넷 구직 앱에서 본 글을 보여 주었다고 한다. 근처 공인중개사의 보조 직원을 뽑는 내용이었다. 엄마가 한번 해 보고 싶다고 했는데, 서윤은 백 퍼센트 찬성이었다.

"집에 엄마가 없어도 괜찮겠어?"

엄마는 집을 비우는 게 여전히 불안한 모양이었다. 서윤은 그런 엄마에게 확신에 차서 말했다.

"엄마, 나 열다섯이야. 세 살 어린애 아니라고. 그리고 요새 다른 애들 엄마도 다 일해. 낮에 사람 있는 집 거의 없다니까?"

엄마는 서윤의 말에 힘 입어 조심스럽게 구직 도전을 했다. 그리고 보기 좋게 떨어졌다. 경력이 전무해서 경쟁자에게 밀렸다는 것이다. 문자로 결과 통보를 받은 엄마는 어이가 없다며 씩씩거렸다.

"내가 투자 경력이 얼만데! 나만큼 부동산 잘 아는 사람이 어디 있다고!"

서윤은 억울해하는 엄마가 신기하면서도 마음에 들었다. 이렇게 에너지 넘치는 엄마를 본 게 얼마 만인지.

엄마는 그 뒤로도 일을 구하기 위해 휴대폰을 붙잡고 산다고 했다. 서윤은 엄마가 구직에 성공하면 하람과 은서를 집에 한번 초대하겠다고 했다.

"나도 드디어 집이 비는 거잖아. 너무 신나!"

서윤은 그날을 손꼽아 기다렸다. 다른 아이들처럼 빈집에 친구를 불러서 요리도 해 먹고, 수다도 떨고 싶었다. 눈치 안 보고 뒹굴뒹굴하고 싶었다. 엄마가 곰처럼 웅크리고 있는 집에서는 그런 일들을 할 수 없었다. 무엇보다도 엄마가 바깥 생활에 나선다는 것이 너무 기대됐다.

은서도 무슨 말이든 해야 할 것 같았다. 그래서 얼마 전에 있었던 기분 좋은 일을 꺼내 들었다. 미니 샘이 초코 바를 준 이야기와 아빠가 자신이 만든 찌개를 맛있게 먹은 이야기 말이다. 중간에 다른 이야기도 섞였다. 미니 샘이 초등학교 6학년 때 담임 선생님과 절친했다는 것과 은서에게도 그렇게 지내자고 제안한 것. 그리고 엄마가 은서의 안부를 묻고 있었다는 얘기도.

잠자코 듣고 있던 할머니가 그것 보라고 했다.

"내가 뭐랬어. 세상은 생각보다 호의적이라니까."

할머니가 힘차게 잔을 들어 올렸다.

"자, 다들 한잔하자고."

아이들이 잔을 들자 할머니가 소리쳤다.

"건배!"

잔이 짠 부딪혔다. 할머니와 아이들은 콜라를 벌컥벌컥 들이켰다. 하람이 꺼억 트림을 하자 서윤이 눈살을 찌푸렸다. 할머니마저 하람을 따라 힘차게 트림하자 모두 웃음을 터트렸다.

할머니가 아이들을 돌아보며 말했다.

우리들의 마녀 아틀리에

"처음 아틀리에에 왔을 때보다 표정이 훨씬 밝아졌어. 다들 망가진 인형처럼 흠집이 나서 찾아왔었는데."

"그러게요. 아틀리에의 마법 덕분에 흠집이 사라진 걸까요?"

서윤이 멀쩡해진 자기 손을 흔들어 보였다. 할머니가 고개를 설레설레 저었다.

"여전히 흠집투성이야. 그렇지만 흠집이 나도 괜찮아. 부족한 걸 다 채울 수는 없으니까. 흠이 났으면 흠이 난 대로 살아가는 법을 배우면 돼."

할머니가 남은 한 조각의 피자를 손에 들었다.

"살아가는 데 필요한 가장 중요한 것은 이미 공짜로 주어졌어. 그러니 남은 건 이 세상이 준비한 마법에 맡기고 실컷 즐기면 되는 거야."

아이들도 피자를 손에 들었다. 벌써 배가 부른데 아직도 피자가 남아 있다니. 그날 아이들은 배부르게 먹고도 피자 한 판이 남는 마법을 경험했다.


해가 지고 나서야 아이들은 아틀리에를 나섰다. 할머니는 은서에게 마법 대걸레를 건네주었다.

"진심이 깃든 물건은 곁에 두고 지내는 게 좋아. 오늘 밤은 어둠이 깊으니 들고 가도록 해."

오늘따라 할머니는 완강했고, 은서는 반강제로 대걸레를 소

지해야 했다. 창이라도 쥔 듯 들고 가자니 조금 부끄럽기도 했다. 다행히 하람이 대신 들어 준다고 해서 은서는 대걸레를 하람에게 넘겼다. 하람은 장난기가 발동했는지 대걸레를 휘휘 휘두르며 마법 주문을 외치기도 했다. 그 방정맞은 몸동작에 은서와 서윤이 참지 못하고 웃음을 터트렸다.

익숙한 목소리가 들려온 건 바로 그때였다.

"거기 잠깐만."

검은 그림자가 아이들 앞을 가로막았다. 후드를 눌러쓰고 있어 얼굴을 알아볼 수는 없었지만, 큰 키와 목소리만은 세 사람 뇌리에 강력하게 남아 있었다.

검은 그림자는 혼자가 아니었다. 뒤로 대여섯 명의 건장한 아이들을 거느리고 있었다. 분위기가 험상궂은 것으로 보아 좋은 일로 세 사람을 불러세운 것 같지는 않았다. 아이들은 눈을 마주치며 서로에게 바짝 다가섰다.

이윽고 후드 티가 어둠 속에서 걸어 나왔다. 마침내 가로등 불빛 아래 서서 고개를 들었을 때, 은서는 후드 아래로 번득이는 오싹한 눈빛을 보았다.

"오랜만이네."

후드 티의 정체는 다름 아닌 황도준이었다.

*

　도준과 함께 있는 아이들은 처음 보는 얼굴들이었다. 학교 폭력 사건에 연루되어 처분받은 애들은 각기 다른 학교로 뿔뿔이 흩어졌다. 지금 함께 있는 아이들은 아마도 도준이 새로 사귄 친구들 같았다. 도대체 어디서 저런 애들을 사귀어 오는 걸까? 그들은 도준의 예전 무리와는 또 다른 차원으로 험악한 기운을 풍겼다.

　도준이 주머니에 손을 넣은 채 배시시 웃었다.

　"뭐야. 헤어진 지 얼마나 됐다고 벌써 모른 척하기야? 섭섭한데."

　순박해 보이기까지 하는 그 모습에 소름이 돋았다. 갑자기 여긴 무슨 일로 나타난 걸까? 험악한 분위기를 조성하는 걸로 보아 좋은 일은 아닐 것이다. 도준이 다가오자 세 사람은 주춤주춤 뒤로 물러서게 됐다. 도준이 말했다.

　"사과를 하고 싶어서 왔어."

　사과라면 이미 받았다. 학교폭력위원회에서 서면 사과 처분이 내려졌으니까. 그런데 굳이 이제 와서 사과를 한다고? 그것도 직접 얼굴을 보고? 하람은 도준의 직접적인 사과는 바라지 않는다고 했다. 마주치고 싶지 않다면서 말이다. 은서도 마찬가지였다. 진심으로 사과한다면 용서해 줄 수도 있겠지만, 아직은 아니다. 마음을 열기엔 하람이나 은서나 시간이 더 필요했다. 그래서 서면 사과 외의 다른 사과를 거부한 것이기도 했다. 그런데 갑작스럽게 나타나 사과를 하겠다는 것은, 그것도 무리까지 끌고 와 위화감을 조성하는 건 다른 속셈이 있다고밖에 볼 수 없었다.

그나마 도준에게 할 말을 서슴지 않는 서윤이 앞으로 나섰다.

"황도준, 오늘은 너무 늦었어. 다음에 얘기해."

서윤이 도준의 팔을 잡고 자리를 옮기려 했다. 그러나 도준이 손을 뿌리치는 바람에 하마터면 서윤이 넘어질 뻔했다. 가까스로 중심을 잡은 서윤은 당황한 눈으로 도준을 바라보았다. 도준은 입가에 갈갶다는 미소를 띠고 있었다.

"서윤아, 너한테도 사과하고 싶어. 나랑 얘기 좀 하자. 얼마 안 걸려."

하람은 꼭 쥔 주먹을 부르르 떨고 있었다. 그러나 더는 물러설 수 없다는 듯 비장한 얼굴로 입을 열었다.

"우리는 사과받고 싶지 않아. 그러니까 다음에 얘기해."

그때, 도준의 곁에 있던 덩치 큰 아이가 하람에게 주먹을 휘둘렀다. 퍽, 소리가 나더니 턱을 얻어맞은 하람이 뒤로 나동그라졌다. 그 애가 손을 탈탈 털며 말했다.

"더럽게 시끄럽네."

서윤은 눈이 커졌고, 은서 또한 숨이 막혀 왔다. 서윤이 달려가 하람을 부축했다. 하람은 신음을 흘리며 입가를 닦았다. 터진 입술에서 붉은 피가 흐르고 있었다. 이 광경을 지켜보던 도준이 눈살을 찌푸리며 한마디 했다.

"야, 김은혁. 아무리 그래도 폭력은 아니지. 하람아, 괜찮아?"

걱정하는 태도가 아니었다. 오히려 비웃는 듯한 도준의 말투에 서윤이 목소리를 높였다.

"뭐 하는 거야? 당장 꺼져! 아니면 경찰에 신고할 거야!"

도준이 피식 웃음을 흘렸다.

"꺼지라니. 말이 너무 심하잖아."

"네가 너무한 거야. 너 진짜 왜 이래? 아무리 막 나간다고 해도 이건 아니지. 강제 전학까지 갔는데 아직도 정신 못 차렸어?"

"닥쳐. 넌 그렇게 말하면 안 돼!"

황도준이 근처 쓰레기통을 발로 걷어차고 목에 핏대를 올렸다. 억울한 듯 헐떡이던 도준은 눈시울이 시뻘겠다.

"넌 날 이해해 줬어야지. 너만큼은 내가 왜 이러는지 알아줬어야지!"

도준은 흥분한 야수처럼 울부짖었다. 희번덕거리는 눈빛으로 보아 어떤 일을 벌일지 알 수가 없었다. 아무래도 일이 커질 것 같았다. 그렇다고 물러서고 싶진 않았다. 도준의 폭력에 무릎 꿇게 되면 불행한 일은 또다시 반복될 것이다. 끝까지 맞서 싸워봐야 한다. 서윤은 각오를 단단히 하고 주먹을 꽉 쥐었다.

"아무리 그래도 넌 그런 선택을 하면 안 되는 거였어."

서윤의 말에 도준의 얼굴이 일그러졌다. 하지만 서윤은 멈추지 않았다.

"사실은 너도 친구들과 잘 지내고 싶었던 거잖아. 그런 거라면, 좀 더 나은 선택을 했어야지."

도준이 이를 바득 갈았다.

"내가 무슨 선택을 잘못했는데? 난 잘못한 거 없어!"

"아니, 넌 잘못했어. 지금도 그래. 우리한테 복수한다고 뭐가 달라져? 넌 바뀐 게 하나도 없어."

순간, 매서운 손길이 서윤의 왼쪽 뺨을 치고 지나갔다. 서윤이 나가떨어지자 하람이 도준에게 달려들었다.

"서윤이 건드리지 마!"

하람은 자신이 맞설 상대가 아니라는 것을 알았지만, 지켜보고만 있을 수는 없었다. 몸부림을 치든 꿈틀거리든, 뭐라도 해 보고 싶었다. 그러나 하람은 도준에게 배를 얻어맞고 비명도 지르지 못한 채 쓰러졌다. 도준이 하람의 머리맡에 쪼그려 앉았다.

"그때처럼 쉽게 당할 것 같아? 어림도 없지."

무리가 세 사람을 둘러쌌다. 하람이 신고하려고 휴대폰을 꺼내 들었지만 누군가의 발길질에 멀리 내동댕이쳐지고 말았다.

그때였다.

"모두 물러서!"

은서가 대걸레를 아이들에게 겨누며 소리쳤다. 손이 후들거려서 대걸레도 떨렸다. 그런데도 은서는 손가락이 하얘지도록 대걸레를 꽉 쥐었다. 도준이 같잖다는 듯 킬킬거렸다.

우리들의 마녀 아틀리에

"그걸로 뭘 어쩌게? 때리려고? 네가 할 수 있을까? 겁쟁이가."

도준은 칠 수 있으면 쳐 보라는 듯 한 발 한 발 다가왔다. 심장이 터질 것 같았지만, 은서는 속으로 간절히 빌었다. 제발 아이들을 지킬 수 있게 해 달라고. 용기 낼 수 있게 해 달라고. 문득 예전에 할머니가 했던 말이 떠올랐다. 마녀로서의 정체성을 부정하지 말고, 자신을 믿어 보라고 했던 그 말 말이다.

은서는 그러고 보니 스스로를 저주 덩어리라고만 생각했지, 믿어 주었던 적이 있었나 싶었다. 그런데 오늘은 그렇게 싫던 저주라도 필요할 듯했다. 친구들을 지키기 위해서라면 무서운 마녀가 되어도 좋으니 적들을 향해 저주를 내리리라. 은서는 있는 힘껏 소리쳤다.

"아니, 난 할 수 있어!"

어디선가 상쾌한 바람 한 줄기가 불어와 아이들의 목덜미를 간지럽히고 지나갔다. 모두가 바람이 불어온 곳을 향해 고개를 돌리는 바로 그 순간.

거센 모래 폭풍이 몰아쳤다.

"으악!"

눈에 모래가 들어가자 아이들이 비명을 질러 댔다. 휘몰아치는 바람 앞에서 안전할 수 있었던 건 은서와 서윤, 하람뿐이었다. 세 사람은 머리칼 한 올 흩날리지 않았다. 반면 도준과 그 무리는 모래 폭풍의 심판에 고스란히 노출됐다. 도시 한복판에 이런 모래 폭풍이 일었다는 게 믿기지 않았지만, 은서는 침을 꿀꺽 삼키고 폭풍이 아이들을 응징하는 걸 지켜보았다.

한동안 몰아친 바람에 도준과 아이들이 바닥에 쓰러졌다. 괴로워 신음하는 아이들을 보니 안쓰러운 마음도 들었다. 은서는 대걸레를 들어 올리고 다음 주문을 준비했다. 모두 고이 잠들길. 다시 깨어났을 땐 오늘의 일을 까맣게 잊길. 대걸레를 휙 휘두르자 괴로워하던 아이들이 하나둘 잠들기 시작했다.

끝까지 버티던 도준도 은서를 잠깐 노려보았지만 이내 널브러졌다. 은서는 그런 도준이 안타까웠다. 과연 저 애는 변할 수 있을까? 모를 일이다. 그건 어디까지나 도준 자신에게 달린 일이니까. 그래도 살면서 한 번은 만나지 않을까? 은서에게 찾아온 것과 같은 마법 같은 시간을, 아틀리에 같은 공간을 말이다. 그러니 너무 걱정하지 않기로 했다.

폭풍은 여전히 사라지지 않고 있었다. 대걸레는 바람에 흩날려 들썩거렸다. 순간, 대걸레가 휙 날아오르는 바람에 은서는 두 손을 번쩍 들고 벌서는 모양새가 되어 버렸다.

"대걸레가 날아가려고 해! 좀 도와줘!"

은서가 도움을 청하자 서윤과 하람이 급히 달려왔다. 세 사람은 힘을 합쳐 대걸레를 끌어 내렸다. 겨우 허리께로 내려왔지만, 대걸레는 자꾸 떠오르려 했다. 아무래도 오래 버틸 수는 없을 것 같았다. 줄다리기라도 하듯 용을 쓰던 세 사람은 점점 힘이 빠졌다.

안 되겠다고 생각한 은서는 대걸레 위에 올라타 몸무게로 눌러 보려 했다. 그래도 부족해서 서윤이, 다음으로 하람이 차례로 올라탔다. 세 사람 다리가 바닥에서 떨어져 대롱대롱 매달렸다. 마법의 위력이 이렇게 대단하다니. 문득 대걸레가 하늘을 날고 싶은 게 아닐까 하는 생각이 들었다.

'하늘을 난다고?'

얼토당토않은 생각이었지만 은서는 자세를 고쳐 앉았다. 아이들에게는 위험할지 모르니 내리라고 했다. 그런데 서윤은 오히려 호기심 가득한 눈으로 물었다.

"우리도 같이 타면 안 돼?"

하람도 눈이 반짝 빛났다.

"나도 나도!"

"정말? 괜찮겠어?"

서윤과 하람이 동시에 고개를 끄덕였다. 예상하지 못했던 반응에 은서의 얼굴이 환해졌다. 두 사람이 같이 타 준다면야 얼마든지 환영이었다.

은서는 대걸레 앞부분을 꼭 쥔 채 속삭였다.

"우릴 어디로 데려갈지는 모르겠지만, 이왕이면 멋진 비행 부탁해."

대걸레가 서서히 떠오르기 시작했다. 바람을 타고 오르듯 빙글빙글 원을 그리며 날더니 어느새 높은 하늘까지 올랐다. 까마득한 땅을 내려다보자 아찔해졌다. 그런데 신기하게도 보이지 않는 손이 세 사람을 단단히 붙잡고 있는 것 같아 떨어질 일은 없을 듯했다. 자신이 생긴 은서가 소리쳤다.

"얘들아, 꽉 잡아!"

은서는 저 멀리 보이는 높은 빌딩을 향해 대걸레 머리를 돌렸다. 하늘에서 내려다보니 쓰러져 잠든 도준도, 늘 주눅 들어 지냈던 학교도, 어디에서 무얼 하고 지낼지 모를 엄마도 작게 느껴졌다. 그리고 앞으로는 얼마든지 씩씩하게 살아 낼 수 있을 것 같았다.

은서는 '진짜 마녀'가 된 걸까? 나는 왜 이 모양이냐고, 저주받은 존재가 아닐까 하고 고민했던 시간이 길었다. 남들의 혐오를 당연한 것으로 받아들였고, 그 결과 자신을 믿지 못하기도 했다.

하지만 이제는 달라지고 싶었다. 비록 지금은 초보지만, 언젠가는 못된 저주 따위 단번에 풀어내는 능숙한 마녀가 되는 거다. 아픈 사람들을 위해 영약을 달여 줄 수 있는 그런 마녀가 되는 거다. 한 손엔 대걸레를 쥐고 또 한 손에는 친구들의 손을 붙잡고 말이다.

마녀의 대걸레가 도시의 밤하늘을 가르고 날아간다.

오늘도, 그리고 내일도 그럴 것이다.

'마법사' 이미지를 떠올리면 덤블도어 교장 선생님(해리포터)이나 간달프(반지의 제왕)가 가장 먼저 생각납니다. 너그럽고 지혜로우며, 사람들을 돕는 존재 말입니다. 반면 '마녀' 하면 백설 공주에게 사과를 먹인 계모나 오로라 공주에게 저주 걸린 물레를 선물한 말레피센트가 떠오릅니다. 질투 많고 사악한 이미지의 마녀들이죠. 한편 해리포터에 등장하는 마녀 헤르미온느는 똑 부러지고 현명하며 친구들을 돕습니다. 또한 최근에는 여러 영화나 소설에서 마녀를 괜찮은 존재로 그리기도 합니다.

이처럼 마녀는 과거엔 불운의 아이콘이었지만, 지금은 개성 넘치고 신비한 소재로 널리 사랑받고 있습니다. 그런데 저는 오히려 마녀의 이미지가 순수성을 잃었다고 보는데요. 순수한 선도, 순수한 악도 아닌 것이 마치 따뜻한 아이스크림 같습니다. 한마디로 아이러니한 상태. 선하지도 악하지도 않은, 어떠한 존재도 될 수 있는 마녀. 저는 그래서 청소년이 마녀와 닮아 있는 듯합니다. 무엇이든 될 수 있는. 하지만 그 결과가 좋을지 나쁠지 알 수 없는.

이 글을 쓰기 전에 콘셉트 문장을 이렇게 써 보았어요.

'마녀 같은 내가 진짜 마녀가 되는 시간.'

여러분은 자신이 마녀 같다고 생각한 적이 있나요? 내가 너무 마녀 같아서 내 주변 사람들을 저주에 빠뜨릴 것 같다는 생각 말입니다. 나로 인해 누군가가 불행해질지도 모르겠다는 불안감을 느껴 보셨나요? 내 못난 모습 때문에 부모님이 힘들어하시거나, 나의 뾰족한 가시 때문에 친구가 상처 입거나, 또는 태생이 저주를 받아서 가진 거라고는 뭣도 없는 '루저' 같이 느껴진다거나.

불안하고 흔들려서 내가 나를 믿지 못할 때. 내가 마치 저주의 원흉처럼 느껴질 때. 그럴 때가 있나요?

《우리들의 마녀 아틀리에》에서 은서, 하람, 서윤, 그리고 도준은 모두 마녀가 되는 시간을 지나가고 있습니다. 그리고 마침내 마녀가 되었죠. 좋은 마녀가 되었느냐 악한 마녀가 되었느냐 하는 차이가 있을 뿐, 네 사람은 모두 자신만의 마력을 가졌습니다. 도준의 선택은, 저로서도 참으로 안타깝습니다. 하지만 현실에선 그보다 더한 결과도 많습니다. 도준이 스스로의 선택에 책임을 지고, 마침내 좋은 마녀로 변화하길 기대해 봅니다.

작가의 말

저는 청소년의 시절을 이렇게 정의하고 싶습니다.

'그래도 되는, 그럴 수 있는 시절.'

실패할 수도 있고, 성공할 수도 있는, 하늘만큼 높아질 수도, 바닥까지 추락할 수도 있는 시절. 우리는 모두 10대의 시절을 인생에 단 한 번은 거쳐야 합니다. 그 시절을 어떤 모습으로 통과하든, 우리는 세상을 이해하고 적응하기 위해 애를 씁니다. 진정한 마녀가 되어 자신만의 세상을 만들고자 합니다. 그 노력이 꿈을 이루기 위한 힘찬 발걸음이든 마음을 잡지 못한 방황이든, 내 세상을 만들고자 하는 몸부림이라는 점에선 다르지 않습니다. 그런 점에서 나이가 많든 적든 '마녀의 시간'을 건너는 모든 사람은 청소년이라 해도 과언이 아닐 것입니다. (이렇게 슬쩍 청소년 친구들에게 묻어가 봅니다. 하하.)

멋진 마녀가 된다는 건 사실 쉽지 않은 일입니다. 덜커덕 넘어지고, 삐걱대며 걷고, 왔던 길을 되돌아가야 할지도 몰라요. 오르막이 계속되기도 하고, 질퍽거리는 진창을 헤쳐 가야 할 때도 있어요. 그래도 그 끝에는 하늘이 펼쳐져 있을 겁니다. 빗자루를 타고 자유롭게 날 수 있는 하늘이요. 그러니까 우리 그때까지 조금만 더 힘내요. 잘하려고 발버둥 쳐도 좋고, 뒤처져서 느리게 걸어도 괜찮아요. 대신 너무 아프지는 말고요. 한 달에 두어 번쯤 마녀 아틀리에에 모여 따뜻한 차 한 잔 마시는 것도 좋겠어요.

우리, 꼭 그렇게 해요.


마침내 올 봄을 기다리며,

날고 싶은 수습 마녀 이재문

도넛문고
08

다른 포스트

뉴스레터 구독

**우리들의 마녀 아틀리에**

**초판 1쇄**   2024년 2월 15일
**초판 1쇄**   2024년 9월 13일

**지은이**   이재문

**펴낸이**   김한청
**기획편집**   원경은 차언조 양선화 양희우 유자영
**마케팅**   정원식 이진범
**디자인**   이성아 김현주
**운영**   설채린

**펴낸곳 도서출판 다른**
**출판등록** 2004년 9월 2일 제2013-000194호
**주소** 서울시 마포구 동교로27길 3-10 희경빌딩 4층
**전화** 02-3143-6478   **팩스** 02-3143-6479   **이메일** khc15968@hanmail.net
**블로그** blog.naver.com/darun_pub   **인스타그램** @darunpublishers

**ISBN** 979-11-5633-602-0 44810
         979-11-5633-449-1 (SET)

다른 생각이
다른 세상을 만듭니다